우리는 누구나 무언가의 덕후다

♦ 일러두기

1. 인용문은 대부분 《페터 비에리의 교양수업》과 국카스텐 가사입니다. 출처를 밝히
   거나 쌍따옴표(" ")로 표시했으나 짧은 구절이나 단어는 그대로 썼습니다.
2. 국카스텐 음악에 대한 해석은 지극히 개인적인 견해임을 밝힙니다.
3. 본문에서 책명은 《 》, 곡명, 영화명, 시, 잡지명은 〈 〉로 표기했습니다.

요즘 덕후의 덕질로 철학하기

우리는 누구나 무언가의 덕후다

천둥 지음

초록비 책공방

여는 글

조용필과 이용, 둘 중에 누굴 좋아하느냐로 패가 갈렸다. 어제의 친구가 오늘의 적이 되어 싸웠다. 내게도 둘 중 누군가를 선택해야 하는 순간이 왔다. 언제나 혼자였던 내가 패거리에 들 기회가 생긴 것이다. 하지만 나는 가수를 좋아하는 일로 친구가 갈린다는 것이 도대체 이해가 되지 않았다. 게다가 선택이라니, 무언가를 선택하는 일을 가장 못 하는 내게 왜 이런 시련을 주는 건지. 나는 버벅거리며 대답했다. "나, 난 둘 다 별로야."

두 갈래로 갈라져 고개를 들이밀던 친구들은 순식간에 한패가 되어 나를 공격했다. 뭐? 별로? 우리 용필 오빠가 별로야? 우리 용이 오빠가 별로라고?

아니, 누가 별로인 게 아니라, 난 그냥 음악을 좋아하지 않을 뿐이라고! 나의 해명은 더 큰 원성만 자아냈다.

"무슨 음악 좋아해?"라는 질문이 싫었다. 음악을 좋아한다는 것을 전제한 질문이니까. 그랬던 내가 덕후가 되었다. 공연을 보겠다고 전국을 쫓아다니고 '내 가수'를 좋아해 주는 사람이 제일 좋다.

가수를 좋아하는 일로 친구를 가르는 것을 이해하지 못했던 내가 '내 가수'를 좋아하는 사람이 제일 좋다는 나를 이해할 수 없었다. 이 책은 내가 나를 이해하고 납득시키는 과정이다. 우연히 만난 책 한 권에 기대어 내 행동에 대한 명분을 '철학적으로' 만들기로 했다.

《페터 비에리의 교양수업》은 '교양인의 삶이란 무엇인가'에 대한 화두를 가지고 펼친 명강의를 한 권의 책으로 담은 책이다. 페이지 수가 얼마 안 되는 얇은 책이지만 곱씹어야 할 대목이 많아 쉽게 읽히지는 않는다. 특히 앞부분은 사유의 깊이에 비해 사례가 적고 강의를 옮겼다는 한계도 느껴진다. 하지만 내가 지금 경험하고 있는 '덕질'이 비에리가 말하는 '교양'과 너무나 흡사하게 느껴져서 말하고자 하는 바가 무엇인지 아주 쉽게 이해할 수 있었다. 본문에 나오는 교양이라는 단어를 덕질로 바꾸어 읽어도 조금도 위화감이 없다고 생각될 정도였다.

책을 덮자마자 나는 목차를 써 내려갔다. 이 책의 목차 말이다. 김영하의 〈옥수수와 나〉에 나오는 작가처럼 나는 그냥 자판을 두들기기만 하면 되었다. 쓰고 싶은 이야기가 쏟아져나왔다.

교양은 교육과 달리 자신을 위해 혼자 힘으로 쌓는 것이라고 한다. 바로 이런 점에서 덕질와 결을 같이 한다고 보았다. 나는 덕질이 교양인으로 살아가기 위한 새로운 놀이로 변환될 수 있다는 것을 증명하고 싶었다.

페터 비에리는 〈삶의 격〉에서 "인간이 살아가면서 겪는 중요한 여러 경험에 이해 가능한 빛을 비추려는 시도, 그것이 내가 생각하는 철학이다."라고 했다. 덕질이라는 중요한 경험을 이해하기 위해 다양한 각도로 들여다보았으니 나는 철학을 한 셈이다. 또한 페터 비에리는 "존엄이란 인간이 삶을 살아가는 특정한 방법"이라고 했다. 덕질이라는 특정한 삶의 방법이 존엄하게 받아들여지기를 바란다.

덕질은 '덕주'라는 대상을 통해 거울처럼 나를 비추었다. 차가운 시선으로 마주보게 했다. 우리가 살면서 누군가를 이토록 깊이 들여다보고 이토록 이해하려고 애써본

적이 있는가. 인간에 대한 깊은 이해, 그게 바로 덕질이다.

1부, 2부는《페터 비에리의 교양수업》본문 속 문장을 인용하여 글을 썼고, 3부는 목차에 있는 '교양인의 덕목'을 '덕후의 덕목'으로 바꾸어 썼다. 모쪼록 페터 비에리 님께 누가 되지 않기를 간절히 바란다.

차
례

2장 덕후로 사는 길

3장 # 덕후의 덕목

4장 덕질의 이모저모

1장

덕후가 되는 길

덕질하기
딱 좋은 나이

♦ 교양은 호기심으로부터 시작됩니다. 내 안에 있는 호기심을 죽인다는 것은 교양을 쌓을 기회를 강탈하는 것과 마찬가지입니다. 호기심은 이 세계에 과연 어떤 수많은 것들이 존재하는지를 알고자 하는 끊임없는 갈망입니다. - 10p

나는 50대 덕후다. 이 말이 너무 하고 싶었다. 덕통 사고를 당한 것은 49살이었는데 빨리 한 살 더 먹어 50대 덕후가 되고 싶었다. 왜냐하면 50대는 되어야 덕질하기 딱 좋은 나이라고 당당히 말할 수 있을 것 같았기 때문이다.

이렇게 말하는 것만 봐도 알 수 있듯이 나는 덕질에 대해 몹시 사회적 편견이 심한 사람이었다. 그래서인지 입덕 부정기가 아주 길었다.

'내가 덕질이라니, 이 나이에…'

그때는 덕질이라는 표현도 몰랐다. 핸드폰에 코를 박고 공연 영상을 보면서 '내가 왜 이러지?' 하면서 부끄러워했다. 하지만 그만두기에는 너무 짜릿한 즐거움이 있었다.

50대라면 아이들도 다 키워놓고 좀 여유 있는, 사회적 책무에서도 어느 정도 벗어나는 때이니 덕질을 해도 세상의 눈이 관대할 것 같았다(길게 말했지만 그냥 내 편견이다).

마침 큰아이는 대학에 가고 작은 아이는 공부에 뜻이 없어 특성화고에서 기숙사 생활을 하고 있었으니 두 아이 다 독립을 한 셈이다. 남편은 지방에서 근무한 지 3년 차, 우리는 주말부부였다. 주말부부라고 하면 전생에 나라를 구했거나 3대가 덕을 쌓았나 보다고 하지만 남편은 원래 내 생활에 별로 간섭하지 않는 편이다. 하지만 덕질을 하는 와이프에 대해서 어떤 마음일지 잘 몰라 조금 신경이 쓰이기는 했다.

20대의 젊음이 내게는 좀 벅찬 에너지였다. 30대가 되면서 조금씩 생활의 안정을 찾았고 40대에는 심리적으로나 사회적으로나 내 자리를 찾은 느낌이었다. 그런데 50대가 되면서 세상만사가 시들해졌다. 이미 인생의 여정을 다 겪고 삶의 비밀까지 알아버린 노인처럼 모든 것에 흥미를 잃었다. 이제 세상 구경은 끝났고 경험한 그것들을 다시 반복하게 될 거라고 섣불리 판단했다. 꽤 만족도 높은 삶이라고 자부하고 있었는데도 남은 삶이 거추장스러웠다. 그때 덕통사고를 당한 것이다. 덕주가 내 뒤통수를 치면서 '내가 네 덕주니라'라고 말한 거라고 사람들은 말한다. 공감 백배다!

만일 내가 20대에 덕통사고를 당했다면 지금의 삶과는 많이 다른 삶을 살았을 것이다. 덕업 일치(덕질을 하던 분야를 자기 직업으로 삼는 것)를 하고야 말았을 테니까. 만일 30대나 40대에 덕통사고를 당했다면? 생각만 해도 아찔하다. 애들이고 가정이고 내팽개치고 덕질을 했을 것이다. 덕후라는 말을 알게 된 후, 입덕은 부정했음에도, 내 정체성이 덕후라는 사실은 빠르게 받아들였다. 부정적인 의미가 내포되었다는 것을 모르지 않았지만 내 성정이 그러하다는 것을 너무나 잘 알고 있었으니까. 어릴 때 엄마가 늘 걱정하던 것이 있었는데 하나에 꽂히면 옆도 뒤도 돌아보지 않는다는 것이었다. 친구도 한 명만 사귀고 사랑도 뭐… 그랬다.

덕후의 기질이 다분한 내가 그동안 덕질을 하지 않았던 것은 연예인에 대한 관심이 없었기 때문일 것이다. 가끔 좋은 드라마를 보고 나면 한동안 정신을 못 차리고 빠져들고 가끔은 감상평을 쓰기도 했다. 하지만 대부분은 사회적 의미를 짚어보는 비평을 하는 편이었다. 배우에 대해서도 마찬가지여서 개인적 관심으로 이어지지는 않았다.

무엇보다 드라마나 소설, 음악 이런 것들을 끊어야 한다고 주장하며 살았다. 이웃 아줌마들과 수다를 떨다 보면 우리의 불만이 대체로 드라마에서 시작된다는 것이 이유였다. 현실에 발을 딛지 않고 사는 것, 내 삶의 기반을 흔들어놓는 모든 것을 외면했다. 철벽을 치고 산 셈이다.

음악은, 시끄러웠다. 사람의 말을 듣는 것만으로도 부대끼는데 뭐 하러 음악까지 찾아 듣나 싶었다. 조용한 음악은 사람의 마음을 움직여서 나를 유약하게 만들었다. 그런 유해한 것들을 차단하고 단단해져야 한다고 생각했다. 그것이 제정신이 아닌 이 세상에서 내가 버틸 수 있는 유일한 길이라고 믿었다. 그러니 가수는 내 관심사가 아니었다.

다른 일을 하면서 음악을 듣는 사람들을 보면 존경스

러웠다. 그것은 오른손이 한 일을 왼손이 모르게 하는 것만큼 어려운 일이었다. 걸으면서 음악을 듣는다고? 내 안의 소리를 들을 수 있는 가장 좋은 시간에 왜 굳이? 집안일 하면서 음악? 설거지할 때는 물소리가, 청소할 때는 청소기 소리가 시끄러운데 왜 거기에 음악까지 보태나. 그나마 운전할 때는 음악을 들을 수 있었다. 하지만 급박한 순간에는 음악부터 꺼버렸다.

지금도 나는 음악이 듣고 싶으면 음악만 듣는다. 귀가 아니라 가슴으로 듣는다. 그래야 음악이 내게 걸어오는 소리를 들을 수 있다. 자박자박 발걸음 소리를 내다가 따닥따그닥 탭댄스를 추다가 추르르 비 오는 빗길을 걷다가 아이처럼 달려와 내 목을 끌어안는 그 모든 순간을 놓치고 싶지 않다.

이제는 록 음악이 주는 통쾌한 맛을 안다. 음악이 시끄럽다던 내가 가장 시끄러운 장르의 음악을 가장 즐겨 듣는다. 오장육부를 다 꺼내어 시원하게 한바탕 청소해주는 것 같다. 사람의 마음을 유약하게 한다고 음악을 꺼리던 내가 가장 감정을 고조시키는 음악을 듣게 된 것이다. 정말 인생에는 총량의 법칙이 있나 보다.

무엇보다 일상 속에서 벌어지는 일들에 대한 호기심만

으로도 벅찼다. 아이들을 키우면서 교육과 학교, 지역사회에 대해 알아야 하고 알아내야 할 일이 너무나 많았다. 열심히 활동하며 사느라 바빴고 그런 일들에 만족했다.

덕통사고는 내 삶의 궤도를 완전히 벗어나게 했다. 여전히 좁은 테두리를 벗어나지 못하고 자만의 끈을 부여잡고 있지만 덕통사고는 삶이 여전히 모르는 것부성이이며 내가 경험한 것이 결코 전부가 아님을 절감하게 해주었다. 덕질의 세계는, 칠흑 같은 세상에 한 줄기 빛으로 다가왔다(컴컴한 방구석에서 핸드폰으로 영상을 보기 때문만은 아니랍니다).

덕질. 덕후라는 말만큼이나 부정적인 의미로 쓰이던 말이다. '-질'이라는 어미가 '장난질'처럼 기묘한 재주나 눈속임을 뜻하는 단어에 자주 쓰였기 때문인 것 같다. 하지만 '-질'은 본질, 품질이라는 낱말에서 알 수 있듯이 본바탕, 자질의 의미가 있다. '못질', '자맥질'처럼 기술이나 기능을 표현할 때 쓰이기도 한다. 내 본바탕에는 기술이나 기능이 자리 잡을 만한 구석이라고는 없는데, 한 가지를 파는 일이라는 의미로 덕질이라는 말이 쓰이면서 내게도 드디어 '-질'이라는 단어를 쓸 수 있게 되었다.

♦ 자기 삶의 방식을 가볍게 여기라거나 확신을 가지지 말라는 뜻이 아닙니다. 내가 살아가는 방식이 남들의 방식보다 우월하다고 여기거나 특정한 한 존재 방식이 다른 모든 이보다 올바르다고 여기는 단순하고 거만한 사고를 차단하자는 것입니다. - 19p

나이 지긋한 팬이 되고 싶었다. 젊지도 늙지도 않은 나이에 주책을 부리는 게 아니라 귀여운 할머니 같은 이미지를 가지고 싶었다. 공연장에 가보면 누가 봐도 할머니인 분들이 있었다. 그들은 주책이라고 느껴지지 않고 존재 자체가 존경스러웠다. 그런데 내 나이는 아무래도 주책이라고 생각되는 것이다. 사실 귀여운 할머니가 되기에는 50대도 많이 젊다. 하지만 40대를 벗어나는 것만 해도 어디냐. 그렇게 한 살을 서둘러 맞이했고 남들이 보기에 봐줄 만할 거라고, 사실은 스스로 받아들인 거지만 어쨌든 좀 덜 부끄러웠다.

무엇보다 나이 지긋한 덕후가 된다는 것은 덕주에게 온전히 마음을 주는 유익한 존재라고 생각했던 것 같다. 무릇 팬은 모두 유익하건만 젊은 팬들은 뭔가를 시끄럽게 요구하고 말 많은 존재라고 함부로 재단했었다. 지나고 보니 팬이란 나이와 상관없이 지극히 자기애적인 사랑을 하는 존재였다(덕후라는 표현과 팬이라는 표현을 섞어서 쓸 예정이다. 뭐라고 딱 잘라 말하긴 어렵지만 뭔가 덕후 입장을 표현할 때는 덕후가 맞고 덕주 입장에서 표현할 때는 팬이라고 해야 할 것 같다).

나이를 핑계 삼아 단단하게 박힌 덕질에 대한 편견을 극복하는 시간을 벌고자 했다. 편견은 우월하다는 거만함에서 오는 것이다. 덕질이 아니었다면 몰랐을 내 우월감은 생각보다 뿌리 깊었고 그 깊은 뿌리는 아직도 어딘가에 고개를 처박고 숨어있을 것이다. 존재의 변화로, 그러니까 내가 완벽하게 덕후가 됨으로써 자연스럽게 녹아 없어지기를 기대한다.

덕질하는 모든 이가 나처럼 각자의 이유로 덕질하기 딱 좋은 나이로 살았으면 좋겠다. 젊은 사람은 젊어서 늙은 사람은 늙어서 좋다며 자신의 덕질을 그렇게 정당화했으면 좋겠다. 덕질은 아니 어떤 경험이라도 나이와 상관없이 들이닥치는 것이고 각자의 방식으로 체화되는 거니까.

덕질을 하려니 남편의 월급에서 그동안 안 쓰던 내 문화비를 털어내는 것이 눈치가 보였다. 내 수입이 없다는 것이 이렇게 아쉬울 줄이야. 하지만 자기 수입이 있다고 해도 누구나 경제적으로 여유로울 수는 없다.

그래도 나이 든 우리가 우세한 것이 있다면 애들 때문에 집에 묶이지 않아도 된다는 것, 완경으로 생리 걱정 없이 돌아다닐 수 있다는 것(생리가 여자들의 행동반경에 얼마나 큰 제약이 되는지 완경이 되고 나서야 알았다), 무엇보다 시간을 충분히 들일 수 있다. 덕질은 시간과 건강이다. 덕주의 스케줄에 내 스케줄을 완벽하게 맞출 수 있어야 한다. 무엇보다 건강해야 한다. 사실은 벌써 무릎도 아프고 긴 시간 허리도 아프다. 귀찮다고 미루기만 하던 운동을 이제는 꼬박꼬박 챙긴다. 이러니 덕질이 얼마나 고맙고 은혜로운가.

♦ 자신의 과거를 해석해야 하고 미래에 하려고 세운 계획을 재조명하는 일, 즉 자아상이 만들어진 과정과 앞으로의 방향을 생각해보는 작업이 필요합니다. - 30p

발도로프에서는 인간의 발달단계를 7년 주기로 본다. 7년이 7번 지난 49세가 되면 다시 마음의 소리에 귀를 기울이며 제2의 인생을 준비하라고 한다. 내가 49세에 덕질을 하게 된 것은 아이의 마음으로 돌아가 자유로운 시선을 가지라는 뜻이 아닐까? 그동안 살면서 느낀 열패감과 무력감을 잠시 내려놓고 마냥 웃어보라는 위로 말이다.

우리는 천진하게 웃는다. 덕주의 사진 한 장으로도, SNS 한 줄에도, 짧은 기사 하나에도 눈을 반짝인다. 우리가 언제 이렇게 웃어봤던가.

그렇게 나는 50대, 덕질하기 딱 좋은 나이가 되었고 주저하지 않고 본격적으로 덕질을 하기로 마음먹었다.

SNS 속
또 다른 나

♦ 내 안에서 무슨 일이 일어나는지 알기 위해서는 자아상을 만들었다가 다시 버리고 고치는 일을 계속해 나가야 합니다. (중략) 한번 만들어진 모습에 집착하지 않고 새롭게 자신을 점검하고 평가하는 쉼 없는 작업을 허용하며, 그 과정 중에 생길 수 있는 불안함을 받아들이고, 숙명적인 것은 없다는 의식을 항상 염두에 둡니다. 이를 통해 그는 그야말로 진정한 주체로 거듭나게 됩니다. - 34p

내 SNS 계정은 총 7개다. SNS를 처음 시작할 때 잘못하면 '신상 털리는' 무서운 곳이라고 절대 조심하라는 당부를 귀가 따갑도록 들었다. 어찌나 겁을 주는지 1년도 넘게 구독러(쓰지는 않고 피드를 읽기만 하는 사람)로 살았다. 하지만 SNS도 사람이 사는 곳이었다. 익명을 믿고 물고 뜯는 이들도 있지만 대부분은 보통의 사람들이 평범한 이야기를 소소하게 올리는 심심한 사람들의 놀이터 같은 곳이었다. 오히려 오글거리도록 친절했다. 그들의 친절에 기대어 조금씩 답글도 쓰고 필요하면 DM도 보내면서 생각보다 쉽게 적응해나갔다. 이제는 이야기 흐름을 놓치지 않을 만큼 SNS 용어와 덕질 용어, 그리고 요즘 인싸(인사이더, 잘 어울리는 사람)들의 줄임말을 이해하고 자유롭게 구사할 수도 있다.

그게 무슨 자랑이냐고 하겠지만, 그동안 신문물에 대한 거부감(이라고 쓰지만 실제로는 귀차니즘) 때문에 인터넷 쇼핑조차 하지 않았으니 이것은 내게 결코 적지 않은 발전이다.

더 중요한 것은 내가 그동안 만나지 못했던, 만날 일이 없었던 다양한 부류의 사람들을 접하게 된 것이다. SNS는 알고리즘에 따라 취향이 같은 사람끼리 연결되다 보니 확증편향을 강화하는 부작용이 있다. 특히 정치적인 부분이 그러하다. 다른 사람들이 어떤 생각을 하는지 전혀 모르고 살 수도 있다. 온 세상이 나와 비슷할 거라 착각하는 것이다.

하지만 덕질을 하다 보면 평소 내가 만나던 사람들과는 완전히 다른 세계에서 사는 사람들을 만나게 된다. '아니, 세상에 이렇게 생각하는 사람도 있어?' 싶은 일들이 비일비재하다. 내가 그동안 보려고 애쓰지 않았을 뿐 세상은 넓고 인간은 각양각색이다. 다행히 우리는 덕친이라는 깊은 유대감이 있다. 그 유대감이 상대를 있는 그대로 이해하고 받아들일 수 있게 해준다. 펄쩍 뛸 만큼 다른 사회·정치적 의견도 존중하게 된다. 엄청나게 훌륭한 민주시민의 자세가 아닐 수 없다. 그 어려운 걸 해낸다. 우리는 덕친이니까.

♦ 교양이란 사람이 자신에게 행하는 그리고 자신을 위해 행하는 어떤 것을 말합니다. 교양은 스스로 만들어가는 것입니다. 교육은 타인이 나에게 해줄 수 있지만 교양은 오직 혼자 힘으로 쌓을 수밖에 없습니다. - 9p

SNS보다 어려운 것은 티켓팅이었다. 30초면 순삭(순간삭제의 줄임말, 빨리 매진된다는 뜻)되던, 내 덕주가 가장 인기 있던 당시에 입덕했으니 표 구하기가 하늘에 별따기만큼 어려웠다. 티켓을 들고서도 좀 더 좋은 자리로 신분상승 (좌석 앞자리로 가는 것)하고자 하는 욕심이 끝도 없이 생겼으니 어려울 수밖에.

처음에는 문 닫고 들어가는 맨 뒷자리라도 내 한 몸 비빌 구석이 있다면 바랄 것이 없겠다는 마음이었다. 자식들에게 도움을 청했지만 한두 번도 아니고 매번 애걸할 수는 없었다. 게다가 자식들은 포도알이 눈밭이 되어버리면(좌석 표시가 보라색이었다가 예매되면 하얀 색으로 변한다. 매진되었다는 뜻) 그걸로 끝이다. 하지만 나는 끝낼 수 없다. 어떻게든 티켓을 구해야 한다. 세상에 내 편이 없다고 헛살았다고 신세 한탄하는 것도 잠시, 절박한 것은 나였기 때문에 새벽에 알람을 맞춰 기어이 취켓팅(취소된 티켓을 다시 티켓팅하는 것)에 도전한다. 신분상승을 위해 예매 대기를 한다. 어플을 깔고 회원가입을 하고 카드를 등록해놓고 카카오페이에 가입하고 티켓팅 시간에 맞춰 피시방에 가고 더 빠른 랜선을 알아보고… 그렇게 스마트한(?) 세상으로 진입한다.

팬카페 활동도 열심히 했다. 내가 잘 모르는 과거의 덕주를 짜르르하게 알려주는 사람들, 내가 못 보고 놓친 부분을 더 자세히, 더 확대해서, 더 천천히 보여주는 사람들이 거기에는 있었다. 덕주의 일정과 사진, 다양한 공지를 전해주니까 편하기도 했고 누구보다 내 마음을 잘 알아주는 것 같아 고마웠다. 나와 비슷한 연령대의 팬들도 생각보다 많이 있다는 걸 알게 되면서 친밀감이 생겼고 안도감으로 더 빠져들었다. 내가 덕주를 딕질하는지 팬카페를 덕질하는지 모르겠을 정도로 그들과의 연결이 행복했다.

팬덤에 따라 다르겠지만 우리 덕주는 팬클럽이 따로 없다. SNS를 통해 일정을 공지하고 팬들과 소통한다. 당연히 나도 덕주를 팔로우했다. 하트만 누르다가 댓글도 달고 이모티콘도 사용하면서 직접 소통하는 재미를 느끼고 있을 무렵, 어느 날 덕주가 인스타 라이브를 시도했다. 아무리 SNS에 익숙해졌다고 해도 새로운 것에는 여전히 삐거덕거리는 나는 하필 그때 화장실에 앉아있었다. 이걸 켜도 되는지 상대방이 나를 보게 되는 건 아닌지 걱정되어 안절부절못했다. 그렇게 SNS 5년 차, 이제는 그까짓 것 어려울 것도 걱정할 것도 없다.

덕질로만 쓰던 SNS를 이제는 내 생활로 가져왔다. 무엇을 해도 SNS 홍보가 우선하는 시대이니 SNS 능력이 요긴하게 쓰인다. 뒤에서도 이야기하겠지만 덕질뿐 아니라 요즘 내가 하는 모든 일을 아낌없이 응원해주고 있는 이들은 랜선 너머의 사람들이다. 그들의 소리 없는 '좋아요'가 게으른 나를 일으켜 세우고 하루하루 계획한 것을 이어가게 한다. '좋아요'와 팔로우 수에 연연하면 안 된다고 하지만 내가 한 약속을 지켜가도록 도와준다는 점에서 SNS는 고마운 도구다. 더구나 칭찬보다 비판에 익숙한 내가 '좋아요'밖에 없는 SNS 덕분에 '좋아요'를 남발할 수 있어 좋다. 좋은 게 좋은 것이 아니라, 좋으니까 좋은 거다.

사실 내 계정은 이중 계정이다. 다른 사람들도 이중 계정을 많이 쓴다. 특정한 주제만 올라오는 피드에 주제를 벗어난 다른 글을 올리기가 적절치 않기 때문이라고 한다. 또는 일코(일반인 코스프레, 주위 시선 때문에 덕질하는 것을 숨기는 것)를 위해 이중 계정을 쓰기도 한다.

나는 철저히 나를 숨기고 싶어서 이중 계정을 썼다. 내려놓자고 하면서도 여전히 남의 시선을 의식하는 내 모습이 안쓰럽다. 하지만 이중 계정도 자아상을 만들었다가 버리고 다시 고치는 과정이 아닐까. 집착하지 않고 새롭게 만들어가면서 진정한 주체가 되려는 노력의 일환이라고 너그럽게 받아들이고 싶다. 분할된 또 다른 내 모습에 대해 사람들의 반응을 지켜보면서 조금씩 안도를 하게 되었다. 이 과정은 내게 '존중감'으로 차곡차곡 쌓여갔다. 나 스스로 단단해지는 것이 가장 좋겠지만 내가 가진 에너지가 적을 때는 이렇게 다른 이들의 응원이 큰 힘이 된다. 조금씩 나를 열어놓는 것만이라도 계속하기로 한다.

게다가 요즘은 본캐와 부캐를 나누는 것이 유행이 아닌가(게임에서 시작된 놀이가 예능으로 이어지고 있다). 유재석이 대표적이다. 평소에는 조용한 것을 좋아하고 성격상 연예계와 맞지 않는다고 하지만, 130bpm이 넘는 음악만 나오면 댄스 본능이 나오면서 완전히 다른 모습을 드러낸다. 사실 시청자인 우리는 그런 그가 익숙하다. 하지만 분할된 부캐의 활약, 더 강화된 캐릭터를 보면 조금 마음이 달라진다. 인간이 가진 다양한 가능성을 발견하게 된달까. 왜 우리는 자신이 가진 또 다른 내면을 드러내는 데 주저할까. 왜 하나의 자신, 하나의 성격만 고수하며 살까. 유재석 본인도 자신의 모습을 낯설어하지만 동시에 그것대로의 삶을 즐기는 모습이 부럽다.

자신을 숨기고 싶은 그래서 이중 계정을 써야 하는 마음 저변의 것들이 가라앉으면 본캐는 본캐대로 부캐는 부캐대로 다양한 자아를 드러내며 사는 것도 나쁘지 않을 듯하다.

멀티 페르소나를 인정하는 것이다.

소셜 미디어에 대한 우려가 많다. 하지만 덕질을 하면서 경험한 SNS는 외부에 대한 존중과 배려, 예의와 다양성 같은 영역을 오히려 확장시켜주었다. 세상은 생각보다 살 만하다고 안심해도 된다는 신호를 보내주는 것 같았다. 영화 〈ET〉 속 손가락처럼.

나는 왜
덕질을 하는가 1

♦ 자기의 의견이나 원하는 것, 감정에 관한 것이라면 그냥 지나치지 않으며 스스로를 돌보는 능력, 교양은 이러한 능력과 관련이 있습니다. - 29p

잎새에 이는 바람에도 괴로워하는 시인처럼 덕질을 하면서 나는 많이도 괴로워했다. 내 정체성이 덕후인 것을 받아들인 것과는 별개의 문제였다. '왜 좀 더 생산적인 일을 하지 않고 덕질을 하고 앉아있는가'라는 생각에서 한 치도 벗어나지 못한 것이다. 여전히 나는 생산적인 일만이 의미 있다고 생각했고 의미 있는 일만이 잘 사는 길이라고 여겼다.

아니라고, 즐거운 것만으로도 의미 있고 살아가는 것만으로도 충분하다고 아무리 나를 설득해도 어느 순간 처음으로 돌아와 있는 나 자신을 발견하곤 했다.

나는 왜 덕질을 하는가에 대한 수많은 질문과 상념에 대해 글로 써 내려갔다. 매일 떠오르는 다양한 이유들은 내 상황을 지속해서 돌아보게 했고 나름 정당한 명분을 갖게 해주기도 했다. 격정의 나날을 보냈기 때문에 다시 읽어보고 싶지는 않지만 덕질에 대한 감정이나 소망이 왜 생겨났는지, 나에 대해 알고자 하는 의지가 한순간도 식은 적이 없다.

> ♦ 내가 왜 이런저런 의지를 갖추게 되었는지, 왜 이런저런 감정에 도달하게 되었는지, 나를 이런 의지나 감정으로 밀어붙인 것이 무엇인지 이유를 어떻게 잘 설명할 수 있는지를 전보다 더 깊이 숙고하기에 이릅니다. 여기서 핵심은 어떤 생각이나 감정, 소망이 그냥 생겨나도록 방치하는 것이 아니라 그것들을 가지게 된 자기 자신을 이해하는 것입니다. - 30p

덕주의 탓도 컸다. 내 덕주가 누구인지 아직 말하지 않았던가. 내 덕주는 국카스텐이다. 〈복면가왕〉 프로그램에서 음악대장으로 9연승의 신화를 달성한 바로 그분 말이다(우리는 그분을 그분, 현우 님이라고 말한다. 남들이 있을 때는 하보컬이라고 조금 객관화해서 부른다. 함부로 이름만 입에 올릴 수 없는 순정 100% 덕후). 음악대장 가면을 쓰고 나와 첫 번째 곡 〈토요일은 밤이 좋아〉를 부르는 순간부터 매회 새로운 곡에 대한 기대로 무릎 꿇고 티브이 앞을 지켰다. 잘 알다시피 방송에서 나오는 음악 소리는 납작하게 뭉개져서 들린다. 그런 음향의 한계를 뚫고 뿜어져 나오는 목소리를 들으며 '신이 있다면 이렇게 나타나겠구나' 싶었다. 그 당시에는 나뿐만 아니라 음악대장의 노래에 흠뻑 빠져버린 사람들이 정말 많았다. 가히 폭발적이어서 전국투어 콘서트를 하고도 앙코르 콘서트를 또 해야 했고, 그 티켓을 구하지 못해서 사람들이 발을 동동 굴렀다. 그가 아직 가면을 벗기 전, 나는 이미 그의 맹신도가 되어 공연장에서 할렐루야를 외치고 있었다.

덕후가 되어 팬카페에 가입하려고 보니 이미 가입된 상태였다. 알고 보니 그들이 무명을 벗어나 처음으로 공중파에 나오기 시작한 프로그램 〈나는 가수다〉를 보던 과거의 내가 가입해놓았던 것이다.

음악대장 노래를 지겹도록(절대 지겨워지지 않았지만) 돌려 듣고는 도대체 국카스텐의 노래는 어떠한지 들어보려고 찾아봤는데 그것마저 이미 내게 있었다! 회사 동료에게 받은 국카스텐 노래 폴더가 떡 하니 바탕화면에 자리 잡고 있는 게 아닌가. 그제야 생각이 났다. 나를 괴롭히던 상사를 벗어나 퇴근하는 순간, 귀에 때려 넣으며 괴성을 질렀던 그 노래. 지인들에게 국카스텐 음악에 대해 침 뒤기며 간증을 했던 적도 있었는데 어떻게 이렇게 까맣게 잊고 살았나. 그랬다. 나는 이미 그들의 노래에 위로받은 적이 있는 한 마리 어린 양이었다. 뭔가 감정적으로 궁지에 몰릴 때마다 나는 그의 노래에 기대어 내적 샤우팅을 대신해왔던 것이다.

그들의 음악성은 대표곡 〈거울〉이 나오자마자 증명되었다. 신인 발굴 프로젝트에서 심사위원의 만장일치로 1등을 한 것을 비롯하여 최우수 록 음악상을 받은 것만 봐도 얼마나 독보적인 음악 세계를 가졌는지 알 수 있다.

국카스텐 곡의 모든 가사는 하현우가 쓰는데 매우 철학적이고 미학적이다. 한 예술대에서 하현우를 초청해서 학생들에게 강의를 하게 한 적도 있다. 그는 평소에도 자기 탐색을 쉬지 않는 정적인 사람(본인 피셜)이다. 철저히 자기를 투영하는 음악을 한다. 게다가 그들이 살아온 날들을 공간으로 표현하면 학교, 연습실, 공연장, 공사판이 전부라고 할 정도로 성실하다. 이런 덕주이니 왜 덕질을 하는가에 대한 질문은 사실 무의미할 뿐이다.

그런데도 나는 쉬지 않고 고민하고 분석했다. 그의 가사를 하나하나 필사하면서 의미를 곱씹어보고 그의 음악 속 상징을 찾아내고 그의 지나온 삶을 돌아보고 그가 읽었던 책을 찾아 읽었다. 어쩌면 그것들이 조각난 말과 찌꺼기가 되어버릴까 봐 덕주에게 머무르지 않고 내 안의 소리를 들으려면 무엇을 해야 할 것인가를 끊임없이 고민했다. 그런 자기 탐색이 덕주가 음악을 하는 진정한 이유이며 팬에게 바라는 것도 그런 것일 거라고 믿었다.

음악 없는 세상을 살아온 내가, 음악을 들으며 동시에 무언가를 하는 것조차 불가능했던 내가, 왜 가장 시끄럽다고 하는 록 음악에 심취하게 되었을까. 공연은커녕 노래방도 안 가는 내가 어쩌다가 록 페스티벌까지 찾아가는 걸까. 내게 언제부터 록의 DNA가 있었던 걸까. 과연 나는 음악을 좋아하는 걸까 아니면 덕주 개인을 좋아하는 걸까. 내가 그를 좋아한다면 왜 하필 그일까. 그의 모습에서 나는 무엇을 느낀 걸까. 왜 하필 지금이었을까. 끊임없는 질문의 끝은 항상 감사였다. 지금인 것에 대해. 다른 누가 아니라 그인 것에 대해, 깊이 있는 국카스텐 음악이라는 것에 대해.

또한 내가 음악에 꽂힌 것이 분명하다는 것도 알게 되었다. 밖에 나가면 음악에 대한 살증으로 견디기가 힘들었다. 누군가를 만나 음악을 듣지 못하는 시간이 길어지면 불안 증세가 나타났다. 헤어지는 순간 손을 덜덜 떨면서 이어폰을 귀에 꽂아야 진정이 될 정도였다.

덕질을 하면 할수록 덕주는 나를 끊임없이 채찍질했다. 음악에서 느낀 환희의 감정을 삶으로 가져가라고. 세상과 자기 자신에 대해 더 들여다보고 저 깊이 숨어있는 고갱이를 향해 나아가라고. 그의 예술은 내게 영적인 의지를 불러일으켰다.

어느 날, 공연 중에 나는 무아지경에 빠졌다. 여느 때와 같이 좀 더 가까이 덕주를 보려고 좀 더 많이 눈에 담으려고 용을 쓰고 있었다. 그들의 공연 영상에는 어떤 경지에 빠져버린 듯한 표정이 많은데 그가 또 그렇게 되었다. 그 순간 한껏 내밀었던 내 손이 툭 떨어지면서 내 안에 있던 마그마가 끓어올라 나를 터트려버렸다. 무언가가 내 눈앞에 펼쳐졌는데 세상에 나 혼자 남아 불타오르는 광경을 바라보고 있는 것이다.

욕망, 절망, 미움, 유혹, 포기 등등의 감정을 다 끄집어내고 불살라버리게 하는 음악이었다. 온갖 찌꺼기가 씻겨나가고 가득 차게 만족스러우면서도 텅 빈 허탈감을 주었다. 희로애락의 깊이감이 넘실댔다.

> 꾸물거리며 내 목을 조이고
> 욱신거린 삶은 꼬리가 되어 또 자라네
> 유배당해 버린 젊은 사랑아
> 오늘 밤 이곳을 벗어나거라
> 이리저리 흔들어대네 자라난 착각은
> 꾸물꾸물 기어다니네 잘려진 망상은
> - 〈꼬리〉 가사 중에서

〈꼬리〉에서 그는 마지막 남은 것까지 모두 불태워버리자고 소리친다. 잘라도 잘라도 다시 자라나는 허상, 남의 눈치, 세상의 이목, 체면, 자격지심 등등이 다 사라지고 오롯이 나만 남았다. 자유로운 나, 충만한 나, 해방된 나를 발견하고 즐기고 누릴 수 있었다. 공연이 끝나면 원래의 내가 다시 스멀스멀 기어 나오지만, 거기서는 그랬다….

그날, 알게 되었다. 수많은 글을 쓰고 분석해오던 것들은 이 순간을 위한 전초전이었다는 것을.

덕질은 도구였을 뿐이다. 나를 향한 여정에 덕질이 좋은 도구가 된다면 그걸 하는 거지, 다른 이유가 있겠나.

좀 더 나아가기로 했다.

덕친 만세

♦ 그는 자아상에 대해 고민하고 비판적 민감성을 줄곧 견지하며 자신을 고정하지 않는 사람입니다. 그는 자신의 내면에 다양함이 존재한다는 것을 알며 사회적 역할을 수행하기에 적합한 정체성과 자신이 하나의 확실한 정체성을 가지고 있다는 거짓말을 꾸짖는 불안정한 내적 다면성의 차이를 구별할 줄 아는 사람입니다. 그는 자아상이 가지는 미완성과 부실함을 여유 있는 자세로 받아들일 줄 알며 그것을 자유로움의 한 모습으로 볼 수 있는 사람입니다. - 31p

덕질을 하면서 정말 좋은 것은 젊은 친구들과 만날 수 있다는 것이다.

첫 덕친은 미혼의 30대였다. 방송국에서 하는 공연의

방청권을 구하지 못해서 속상했는데 마침 팬카페에 같이 갈 사람을 구하는 글이 올라왔다. 얼른 신청했다. 보통 방청권은 두 장씩 나오기 때문에 당첨이 되면 못 구한 덕친들과 나누곤 하는데 내게도 그런 기회가 온 것이다.

조심스럽게 내 나이부터 알렸는데 무슨 상관이냐고 흔쾌히 받아주었다. 방송국의 사정으로 멀리 떨어져 앉아 공연을 봐야 했지만 우리는 긴 카톡질을 통해 바로 옆에 있는 것처럼 끈끈하게 이어졌다. 우리에게 카톡이 없었다면 어떻게 덕질을 했을지 상상이 되지 않는다. 다음 공연은 내가 티켓을 구했고 그녀와 함께 갔다. 음, 어색했다. 카톡에선 십년지기, 실제론 아직 초면 같은 사이. 하지만 그것도 잠시, 덕주 이야기가 봇물 터지듯 쏟아지면서 우리는 곧 붕우유신, 혈의 맹세라도 한 듯 친해졌다.

첫 덕친은 또 다른 덕친을 만나게 해주었다. 이번에는 40대. 그들도 팬카페에서 만난 사이였다. 알고 보니 티켓팅의 대가였다. 티켓팅에 실패한 나를 항상 구제해주고 조금이라도 앞으로 나아가게 해주는 신분상승의 구원자이기도 하다.

우리 셋 중 내가 가장 철이 없었는데 뒤에서도 말하겠지만 덕친 중 나이가 가장 많은 사람이 가장 철없는 덕질을 하는 건 불문율이 아닌가 싶다. "꺄~~" 하고 뒤로 넘어가는 역할은 주로 내가 담당했으니 말이다.

처음에는 나이가 많다는 게 아무래도 신경이 쓰였다. 여전히 주책이라는 생각이 앞섰던 것 같다. 하지만 두 사람이 전혀 불편함 없이 대해주니까 나도 모르던 내가 불쑥불쑥 튀어나왔다. 평소 가까운 지인과도 팔짱을 낀다거나 스킨십을 하지 않는 편인데 그들을 만나면 돌고래 소리를 내면서 뛰어가 얼싸안고 반가워했다. 그들은 내가 원했던 귀여운 할머니 역에 나를 적절히 자리매김시켜주었다.

문득문득 그들에게 감사하며, 감사라는 말을 이렇게 쉽게 자주 하게 된다는 것에 또 감사했다. 그리고 신기했다. 덕친이 아니라면 얼굴 맞댈 일이 없을 세대 차이를 가뿐히 넘을 수 있다는 것이. 온라인으로 만나 오프라인으로 관계가 발전된 것도 처음 경험하는 일이다. 우리는 같이 원주, 천안, 대전 등지를 다니며 공연을 즐긴다. 인생에 절친은 없어도 덕친은 꼭 있어야 한다는 절대 진리를 깨달으면서!

어느 날, 이사를 하게 되었다. 경기도 근교에서 대전으로 가는 것이라 생활기반이 완전히 바뀌는 것이었다. 당연히 덕질이 가장 걱정이었다. 공연은 주로 서울을 중심으로 이루어지니 지방러(지방에 사는 사람)가 된다는 것은 덕질이 그만큼 고달파진다는 것이다. 그때 지방 덕친들을 만나게 되었고 전국에 퍼져있는 덕친들의 단체 톡방에 초대되었다. 거기에는 대전 덕친도 있어서 아무도 아는 사람이 없는 대전에 덕친이 제일 먼저 생겼다.

지방 덕친은 40대부터 60대 중반까지 9명이었다. 제일 큰언니가 66세, 제일 어린 친구가 42세이다. 그중 66세 언니가 가장 철없는 덕후다. 덕후라면 모름지기 덕주를 물고 빠는 게 당연하지만 큰언니는 심하게 물고 빤다. 예뻐서 어쩔 줄 모른다. 제일 많이 보고 싶어 한다. 제일 무대책으로 달려온다. 가족과 주변인들에게는 아직 비밀인데 언니는 완벽하게 일코를 해낸다. 큰언니 남편은 국카스텐 노래를 새로운 찬송가인 줄 안단다. 남편 앞에서 천연덕스럽게 덕주 노래를 찬송가 톤으로 부르는 모습을 상상해보라.

둘째 언니는 60세인데 내 글의 첫 독자이자 첫 관객이다. 나를 내보이면서 자기검열을 하지 않을 수 있는 유일한 사람이다. 페터 비에리가 파스칼 메르시어라는 이름으로 쓴 소설《리스본행 야간열차》에 이런 말이 나온다.

"저는 누군가가 저를 '완전히' 이해하는 걸 원하지 않아요. (중략) 다른 사람들의 눈이 멀어야 저는 안전하고 자유로우니까요."

언니는 한쪽 눈을 감고 내게서 세 발짝 떨어져 있다. 성당에 다니는 언니는 입덕 초기에 절제와 온유를 중요시하는 종교적인 삶에 반하는 것은 아닐까 너무 고민이 되어 신부님께 상담을 했단다. 신부님 왈 "저도 국카스텐 팬이에요." 언니는 갑자기 마음이 편해졌고 모든 것이 그분의 뜻이라는 것을 받아들이게 되었단다.

덕친들은 모두 자신의 불안정한 내적 다면성을 있는 그대로 받아들이고 자유롭게 삶 속에서 녹여내고 있다. 지나치게 들여다보고 갈등하지 않고 그것이 주는 에너지를 적절히 활용한다. 덕주에 대한 애정이 지극하지만 관심을 덕주 한 사람으로만 고정하지 않는다. 그게 어떻게 가능한지 나는 아직도 잘 모르겠다. 여전히 불안한 정체성으로 비틀거리는 나와는 너무도 달라서 그들을 쫓아가려는 발걸음으로 바쁘고 그런 그들의 덕친이어서 기쁘다.

이제 공연을 갈 때면 지방 덕친들과 함께 1박을 한다. 그동안의 덕질과는 차원이 달라진 것이다. 이사가 오히려 덕질을 풍요롭게 만들어주었다. 전국 어디를 가든 덕친이 있다. 덕질을 위한 만남이 아니라 만남이 우선되는 덕질이 되었다.

다행히 대전은 교통의 중심지라서 지방 공연에 쉽게 갈 수 있다. 사실 교통비나 시간을 생각하면 서울 공연이나 마찬가지지만 왠지 덕주가 내가 사는 가까이 내려와 준다는 생각에 안 갈 수가 없다. 그렇게 달려가면 지방 덕친 중 몇 명이 기다리고 있다. 우리는 끌어안고 팔짝팔짝 뛰며 공연을 즐긴다.

또 한 명의 소중한 덕친이 있다. 대전으로 이사 오기 전에 같은 동네 살던 친구다. 우리 동네에 같은 티켓을 산 사람이 더 있다는 사실을 티켓 배송업자에게서 들은 적이 있다. 그게 바로 이 친구였다니. 카톡 프로필을 보고 같은 덕주를 모시고 있다는 사실을 알게 되었다. 다른 덕친들은 너무 부러워한다. 어떻게 친구가 같은 덕주에게 빠질 수 있냐고. 우리도 신기하다. 그런데 사실 우리는 그렇게 친한 사이는 아니었다. 하지만 같은 덕후가 된 순간 둘도 없는 친구가 되어버렸다. 그게 무엇이든 하나의 끈만 있으면 우리는 연결된다.

친구는 처음 공연을 보고 난 후부터 등산을 시작했다.

멋모르고 좌석에 앉아서 공연을 봤는데 도저히 앉아있을 수가 없더란다. 그다음부터는 무조건 스탠딩으로 갔는데 몸 관리를 하지 않으면 얼마 못 다니겠다는 생각이 들었단다. 오로지 스탠딩을 하기 위한 발버둥이다. 아나키스트의 자유에 대한 의지와 같은 것이다.

우리 두 사람의 남편은 조금 닮았다. 젊었을 때 사진을 보면 더욱 그렇다는 걸 알 수 있다. 이게 과연 우연일까. 게다가 아니라고 부정하고 싶지만 덕주와도 닮았다(다른 덕후들이 들으면 돌팔매를 맞을 일이니, 함구하자).

공연가는 날이 오면 우리 집보다 조금 더 안쪽에 사는 그 친구가 우리 집 앞으로 온다. 문이 열리는 순간 목소리가 두 옥타브쯤 올라가고 우리는 뻔히 다 아는 덕주 소식에 열을 올린다. 덕주 음악을 크게 켜고 영화 〈텔마와 루이스〉의 한 장면처럼 공연장으로 달려간다. 공연이 끝나고 돌아오는 길은 찬양의 시간이다. 공연장에서 집이 멀다는 게 이럴 때는 참 좋다. 내가 이사를 하면서 그런 시간은 다 시없게 되었지만 덕친이니까 또 다른 방식의 만남이 기다리고 있을 것이다.

♦ 교양을 갖추어나가는 과정은 자신에 대한 지식과

이해를 확장하는 것에 머무르지 않습니다. 자기의 생각과 감정과 의지를 평가하는 것, 그중 일부분과 자신을 동일시하며 나머지와 거리를 두는 것도 역시 중요합니다. 그렇게 해야만 특별한 내면적 중력을 가진 정신적 정체성을 창조할 수 있습니다. - 32p

솔플(솔로 플레이, 공연을 혼자 즐기는 것)로도 행복했던 내가 굳이 덕친을 만나고 싶었던 것은 과연 그들도 나와 같은지 궁금해서였다. 내가 느낀 지점을 그들도 느끼는지, 내가 좋아하는 부분을 그들도 좋아하는지, 그들도 자신의 덕질을 기꺼이 받아들이는지 모든 것이 알고 싶었다.

막상 만나보니 굳이 물어볼 필요가 없었다. 아무것도 묻지 않아도 느껴졌다. 덕친은 각자 자신의 고독 속에서 적당한 거리를 두고 덕질의 교집합을 찾아 서로를 감싸 안는 사이였다. "뮤지션은 길을 걷는 사람이고 팬은 그 길에서 등불을 밝히는 사람"이라는 말이 있다. 덕주가 해준 말이다. 등불을 함께 밝히는 것, 우리는 같은 일을 하는 동지다.

♦ 우리는 의지와 생각과 감정으로 이루어진 자신의 세계에 언제나 만족할 수는 없는데 거기에는 여러 이

유가 있을 수 있습니다. 내적으로 무언가가 서로 삐
거덕거리기 때문일 수도 있고, 바깥세상에서 매번 상
처만 받았기 때문일 수도 있고, 아니면 자신의 세계
에서 자신이 어울리지 않는 이방인으로 느껴지기 때
문일 수도 있습니다. - 32~33p

한 덕친이 시부상을 당했는데 우리에게 연락하지 않
은 적이 있다. 아무리 덕질로 만나는 친구라지만 어쩌면
가장 내밀한 행복을 나누는 사이인데 연락을 하지 않다
니. 서운해하는 내게 오히려 그는 가장 내밀하기 때문에
가장 사회적인 일로 만나고 싶지는 않았다고 했다. 우리
의 내밀함은 사회적 관계와는 사뭇 다르다. 그래서 그 농
도가 짙다.

팔로우하고 있는 어떤 분이 세상을 떠난 일이 있다. 원
래 지병이 있었고 그 와중에도 가열찬 덕질을 해서 모두
에게 즐거움을 주었는데 온라인으로 소식을 들었다. 내
가 그에게서 받은 사진과 짤들은 그가 삶에 대한 의지를
그러모아 빚은 것이다. 신이 "너의 삶은 어떠했는가." 물
을 때 그는 그 짤들을 떠올리며 "반짝반짝 빛났습니다."
라고 대답할 것이다. 삼가 고인의 명복을 빌며 그곳에서

도 빛나기를….

서로 모르면서도 긴밀히 연결된 우리가 나중에 어쩌다 탈덕(덕질을 그만두는 것)을 하게 되더라도, 그래서 만나지 않는 사이가 되더라도, 이 지구상에 이방인으로 남지 않고 가장 나다운 나를 기억해주는 사람이 한 명쯤 있는 게 좋은 것이다, 나는. 오롯이 덕주를 향한 나의 열망, 어쩌면 그것은 자신을 향한 환호성일진대 그것을 기억해줄 누군가가 있기를 바라는 것이다, 나는.

> ♦ 나를 나 자신으로 느끼지 못 하게 하는 영향력과 나를 나 자신과 더욱 가깝게 이끌어 더 큰 자유를 주는 영향력의 차이를 구분하는 법을 배워야 합니다.
> - 33p

그들의 영향력으로, 그들을 거울삼아, 차갑고도 명료하게 나를 나 자신에게 더욱 가깝게 이끌어 더 큰 자유를 주는 법을 배우고 있다.

덕후(德厚). 한자로 '덕(德)이 두텁다, 덕을 두텁게 하다'라는 뜻이다. 내게 덕친은 덕이 두터운 분들이고 그들 덕에 나의 덕이 두터워질 것이다.

덕질 외조

♦ 우리가 이야기하고 있는 교양은 유용성을 포함하지 않은 그 자체로서 가치가 있는 것입니다. 예를 들면 사랑이 그러하죠. - 38p

나의 덕질에 가장 큰 힘이 되었던 것은 남편이다. 입덕 초에는 집에서 공연 영상만 보아도 좋았다. 그러다 나도 직접 공연에 가보고 싶어졌다. 남편에게 도움을 청했다. 마침 춘천에서 하는 공연이 있었다. 혼자 갈 수도 있었지만 공연이 끝나고 무사히 돌아올 수 있을까 걱정이 되었다. 그만큼 제정신이 아니었으니까. 낯선 환경에서 나 혼자 두리번거릴 것도 겁났던 것 같다. 지금이야 솔플이 최고라고 말할 정도로 자연스럽지만 그때만 해도 너무 막막했다.

남편은 흔히 볼 수 있는 지역 축제장 정도로 생각했던 모양이다. "가서 술 한잔하고 즐기다 오면 되지."라며 흔쾌히 길을 나섰다. 대낮에 도착했는데 운동장에 사람들이 돗자리를 깔고 다닥다닥 누워있고 생각보다 작은 무대 앞에 관객 몇 명이 소리치며 뛰고 있었다. 그런 모습을 상상하지 못했던 우리에게는 별천지로 보였다. 하필 국카스텐은 마지막 순서였다(알고 보니 유명하고 인기 있는 팀이 가장 늦게 나오는, 나만 몰랐던 당연한 불문율이 있었다).

어쩔 줄 모르는 나를 끌고 남편은 적당히 자리를 잡고 먹을 것을 구해오고(먹거리를 걸고 하는 온갖 이벤트가 있었는데 그걸 다 했나 보다) 무대 펜스를 잡게 해줬다(무대 중앙이 아니라 사이드였지만 마냥 좋았다).

그렇게 시작한 남편의 외조는 강원도를 거쳐 제주도까지 이어졌다. 아이들과 함께 하는 가족여행 말고 부부 여행은 처음이라 우리는 살짝 들떴고 살짝 걱정되었다. 오로지 덕질 여행을 상상하는 나와 제주도까지 왔으니 맛있는 것도 먹고 즐기겠다는 일념의 남편이 과연 싸우지 않고 여행을 마칠 수 있을지 불안했다. 다행히 이틀간 이어진 음악회는 온종일 들어도 질리지 않을 정도로 훌륭했다. 우리는 내내 음악에 푹 젖어 있다가 왔다. 우리가 음악을 듣는 여행을 하게 될 줄이야. 게다가 둘이 하는 여행이 다른 사람들과 함께하는 여행보다 훨씬 편하다는 것을, 이 나이가 되고서야 서로에게 익숙해졌다는 사실을 깨닫게 되었다. 그렇게 부부 여행(을 빙자한 덕질 여행)이 시작되었다. 덕친이 생기면서 점차 남편이 덕질에 크게 유용하지는 않았지만 그 자체로 가치 있는 일이 아닌가.

평창 올림픽을 기념하는 국민 합창단에 함께 참가하기도 했다. 평창에 가자고 했을 때 남편은 "거기 하현우가 온대?"라며 당연하게 받아들였다.

리허설하는 내내 덕주를 실컷 볼 수 있었다. 나만 제사보다 젯밥에 관심이 있는 줄 알았는데 국민합창단 대부분이 덕후였다. 우리를 향해 웃어주고 손도 흔들어주는 덕주를 보면서 여기저기서 감탄이 흘러나왔고 그럴 때마다 앞뒤로 눈인사하기 바빴다. 여기서 지방 덕친들을 만나게 해준 둘째 언니를 만났다. 게다가 그날은 우리가 성덕(성공한 덕후)이 된 날이었다. 합창하는 중간에 하현우가 같이 노래를 부르는 것이었다. 덕주와 한무대에 서다니 기념비적인 날이 아닐 수 없다.

남편의 외조 중 가장 고마웠던 것은 아이들에게 해준

말이었다. 주말에 들떠서 나가는 엄마를 쳐다보는 아이들 눈초리가 약간 불편해졌을 무렵이다.

"하현우에게 제일 고마워할 사람은 너희야. 엄마가 주말에 공연가고 집에 없으니 얼마나 편하냐. 하현우 아니었으면 신경이 온통 너희한테로 쏠려있을 텐데. 진짜 좋겠다, 너희는."

아이들은 잠시 고개를 갸우뚱하더니 크게 고개를 주억거리는 것으로 아빠 말에 동의했다. 그동안 집을 비우는 게 미안해서 공연 날이면 특식을 준비해놓고 나오느라 낑낑댔는데 그 말을 듣고는 그만두었다(엄마 없이 외식하거나 인스턴트로 때우는 즐거움을 만끽하라는 깊은 뜻이 있는 거라고 남편은 말했다).

지금 생각해보면 그 당시 남편의 일이 잘 풀리지 않았던 때인 듯하다. 그런 사실을 들키고 싶지 않았던 남편은 내가 다른 곳에 정신이 팔려 있어서 마음이 놓였을 것이다. 하현우에게 가장 고마워한 사람은 다름 아닌 남편인 셈이다.

아직은 남편이 나의 덕질에 대해 싫은 소리를 하지 않는다. 아니 많이 협조적이다. 고마우면서도 남편에게 나는 덕분에 여행도 다니고 얼마나 좋으냐고 오히려 으스댄다.

팬카페에 보면 가끔 남편이 허락해주지 않는다는 글이 올라온다. 여기서 허락이란 심적 지지일 수도 있고 육아 협조일 수도 있다. 양쪽 다 현명한 대처가 필요하겠다. 다만 말 그대로 '허락'의 의미는 아니길 바란다. 외조라는 표현으로 남편의 지지에 대한 이야기를 하고 있지만 그것이 허락을 전제로 한 것은 아니기 때문이다. 덕질은 누군가의 허락이 필요한 분야가 아니다. 교양은, 문화는, 행복은, 그리고 그 안에 포함된 덕질은 허락의 범위가 아니다. 스스로 누리는 자유의지의 영역이다.

> ◆ 교양은 행복의 또 다른 차원을 열어줍니다. 시를 읽을 때, 그림을 바라볼 때, 음악을 들을 때 지금 이 순간에 대한 우리의 경험은 극대화됩니다. 말과 그림과 음률이 주는 명료한 힘은 우리가 문화라고 칭하는 인간의 다양한 활동이 다층적으로 얽히고설킨 공간을 잘 이해하고 있는 사람에게만 그 완전한 모습을 드러냅니다. - 39~40p

덕질은 우리가 현재 가지고 있는 사회문화적 인식을 점검해주는 다층적인 지표가 될 수 있다. 강준만은《빠순이는 무엇을 갈망하는가》라는 책에서 우리 사회가 빠순이에 대해 배은망덕을 저지르고 있다고 비판한 적이 있다. 빠순이들 덕분에 한류가 생겨나고 대중문화가 커나갔음에도 그 동력이 되어준 빠순이들에게는 여전히 눈을 흘기고 있다는 것이다. 문화제국주의를 비판하던 내가 만일 미국이나 일본의 록밴드를 덕질한다면 그것은 과연 변질일까. 절대 그렇지 않다. 문화 제국주의를 비판하는 논지와 그 핵심은 변함없이 유효하다. 그리고 풍부한 문화의 경험이 우리의 인식을 더욱 명료하게 하며 또 다른 차원을 열어줄 것이다.

세상 모든 것에는 긍정적인 면과 부정적인 면이 있는데 유난히 소외되고 억압당한 자들에 대해서는 부정적인 면을 크게 부각해서 이미지화한다. 빠순이를 향한 눈 흘김도 아마 그들이 소녀(대부분)이자 미성년이라는 약자이기 때문일 것이다. 하지만 어쩌다 부정적인 측면이 더 많이 보이더라도 인간의 사고와 감정과 행위는 복합적이기에 나중에 어떤 방식으로 작용할지는 아무도 알 수 없다. 빠순이들이 문화를 이끄는 중심 소비자층이 된 지금, 덕후가 기하급수적으로 늘어난 것이 과연 우연일까. 보이는 것만이 전부가 아니다.

♦ 진정한 교양인은 필요하다면 돈키호테 같은 행동도 주저하지 않으며 우스운 사람이라고 손가락질 받는 것도 두려워하지 않습니다. 왜냐하면 교양은 모든 것을 아우르기 때문입니다. - 42p

아들이 물었다. 아빠가 여자 아이돌을 덕질해도 괜찮냐고. 나는 답했다.

"경건하게 예배드린다면."

"무슨 소리야?"

《데미안》에서 싱클레어는 베아트리체를 발견하고 이렇게 말한다. "드높고 우러러볼 만한 이미지가 나타났다. 나는 이제 사랑하고 숭배할 어떤 것을 가지고 있었다. 다시 하나의 이상이 생긴 것이다. 삶은 예감으로 가득했고 신비롭게 동터오는 여명으로 영롱했다."

싱클레어는 술집을 다니며 되는 대로 살던 삶을 멈추고 "모든 것에 정결함과 고귀함, 품위를 부여"하며 반듯하게 살고자 한다. 베아트리체의 존재만으로 "마음속에서 그것은 모두 예배"가 된 것이다.

국카스텐은 내 마음속 예배당이다.

나는 왜
덕질을 하는가 2

♦ 교양을 쌓은 이는 단순한 궤변적 외양과 올바른 사고를 구별할 줄 압니다. 그 사람에게 다음과 같은 두 가지 질문을 던지는 일은 너무나 자연스러운 일입니다. "그것은 정확히 무엇인가?"와 "그렇다는 것을 우리는 어떻게 아는가?"입니다. - 16p

처음 공연장에 갔을 때 2층에서 스탠딩하는 이들을 내려다보며 문화적 충격을 받았다. 공연이 시작하기 전부터 서서 기다리다가 두 시간 내내 뛰는 사람들이라니. 게다가 저렇게 많은 사람이 몰려 있는 모습을 보고 있자니 살짝 공황이 올 것 같았다. 심하게 표현하자면 지옥을 보고 있는 느낌이랄까. 아비규환이 일어날 것만 같은 두려움이 일었다. 하지만 공연이 시작되자마자 그들이 너무 부러웠다. 저기가 지옥이라도 뛰어 내려가고 싶었다. 자석에 쇳가루가 끌리듯 덕주가 움직이는 방향대로 시선이, 고개가, 몸이 따라가는 것을 보면서 맹목적인 광기가 떠올랐다. 저 안에 내가 없다는 게 아쉬울 뿐이었다.

그날, 공연이 끝나고 바로 집으로 돌아올 수가 없었다. 내 영혼이 아직 저 안에 있는 것 같았다. 공연장 주변을 서성였다. 지금 내게 무슨 일이 일어난 걸까. 저 광기 속에서 나는 무엇이었는가. 내 영혼의 끌림은 정확히 무엇이란 말인가. 이 출렁이는 파도를 어떻게 잠재워야 하는가. 찬물이 끼얹어진 듯한 이성적 각성의 느낌은 또 뭔가. 단순한 놀라움이라고 하기에는 물밀듯이 밀려들었고, 있는 그대로 받아들이기에는 감당할 수 없는 충격이었다.

내가 올바른 사고를 구별하는 기준은 두려움과 사랑이다. '무엇이 두려운가' 또는 '진정 아끼는 것은 무엇인가'를 놓고 두려움에 관한 것들을 지워나가고 진정 아끼는 마음이 어디에 있는지 살펴보면서 판단과 선택을 한다. 나의 두려움은 내 안의 시끄러운 것들이었다. 혹시나 내가 절제하지 못할까 봐, 현란한 외양에 현혹된 것일까 봐. 그러니까 자신을 믿지 못하는 마음이었던 것이다. 진정 그들의 음악은 진실하고 생명력 있는 라이브 무대는 감동을 주었다. 생전 처음 느껴보는 음악적 자극이 아직 익숙하지 않지만 놀랍도록 날카로운 통찰과 깊은 성찰이 공연장 가득 공명하고 있었다. 게다가 이것은 판단의 영역과는 다른 감각의 영역이 아닌가. 서서히 마음이 정리되자 흐트러진 영혼이 다시 돌아오는 것 같았다. 뜨거운 마음으로 집으로 돌아왔다.

♦ 그림을 볼 줄 아는 사람이라면 '아, 무엇을 그린 그림인지 이제 알았으니까 다시는 안 봐도 되겠군.' 하는 생각은 하지 않을 것입니다. (중략) 우리가 자꾸만 감상하고 싶은 것은 색, 구도 그리고 붓의 터치입니다. 문학적 글의 평가 기준 또한 그림을 보는 마음과 다르지 않습니다. 줄거리를 이미 다 아는데도 자꾸만 또 읽고 싶어지는지, 즉 글의 형식 때문에 그 글을 읽고 싶어지는지가 우리가 문학을 선택하는 기준입니다. - 82p

회사에서 내 이름이 적힌 스티커를 맞춰주었다. 볼펜과 다이어리에 스티커를 붙였다. 또 어디에 붙일까 아무리 살펴봐도 붙일 데가 마땅치 않았다. 그토록 내 생활 속에 내 물건이랄 게 없었다. 그 어느 것에도 애착을 갖지 않았던 것이다.

공연에 가고 팬들로부터 나눔을 받고 굿즈를 사면서 내게 소중한 것이 많아졌다. 어떤 이들은 애착을 부정적으로 보지만 누군가에게는 애착이 필요하다. 내 삶에, 나라는 사람에게 소중히 여기는 무언가가 생긴다는 것은 사기 자신을 소중히 여기는 첫걸음이기도 하니까.

평범한 볼펜이지만 덕주 스티커를 붙인 내 볼펜이 있다. 사물이 내게로 와서 나만을 위한 것으로 새로 자리매김하는 순간을 경험한다. 몰랐던 내 취향을 알아차리게 되었다. 그 작은 차이가 내 삶의 전환점이 되었다. 왜냐하면 이때부터 나도 미적인 것에 눈을 뜨기 시작했으니까. 그저 그런 회색빛 공간이었던 세상이 새로 그려야 할 도화지로 보였다고 하면 너무 과장일까.

친구가 공연에 가면 무엇이 제일 좋으냐고 물었다. 대뜸 '내 꺼'라고 답했다. 그제야 나에게 온전히 나로 존재하는 시간이 필요했다는 자각이 생겨났다. 다른 누구도 아닌 나로서 나만의 시간 속에 몰입되는 순간이 내게는 국카스텐 공연인 것이다.

공연은 덕주가 하지만 그것을 즐기는 것은 오롯이 내
몫이다. 아무리 공연이 훌륭해도 스스로 즐길 마음의 준
비가 되어있지 않으면 행복하게 기억되지 못한다. 음악이
내 안으로 들어오는 순간은 내가 만들어내야 한다. 한번
은 앞에 선 관객이 지나치게 자리 확보를 하는 바람에 이
리저리 밀리게 되었다. 신경 쓰이기 시작하자 집중력이
떨어졌고 결국 자리에서 빠져나와 뒤쪽에 섰다. 그걸로
마음을 내려놓았어야 했는데 그러질 못했다. 그날은 크리
스마스 공연이었고 덕주는 노래 선물과 함께 온갖 귀욤미
를 방출했는데 내게는 기억하고 싶지 않은 공연으로 남
았다. 방해가 있더라도 평정심을 유지하지 못한 것이 못
내 아쉬웠다.

허지웅은 한 칼럼에서 "뜨거움은 삶을 소란스럽게 만
들 뿐 정작 단 한 번도 채워주지 못했다."고 말했다. 삶이
주는 알 수 없는 고단함을 정확하게 짚어준 문장이 아닌
가. 언제나 뜨거워서 소란스러웠던 내가 불씨조차 보이지
않게 꺼져버린 이유를 설명해주는 것 같았다. 그런데도
내 안에는 뜨거움에 대한 갈망이 있었고 이를 소란스럽지
않게 소진할 곳이 필요했다. 가장 소란한 공연은 역설적

이게도 내게 가장 소란스럽지 않은 뜨거움이 되어주었다.

같은 음악을 반복해서 들으면서 마치 같은 그림책을 반복해서 읽는 아이의 마음으로 충만함을 느낀다. 가장 잘 아는 음악이 주는 가장 큰 안정감을 맛본다. 덕주에게 자신의 뜨거움을 투영하고 대신 나를 객관화한다. 덕주는 자기 자신을 찾아가는 판단기준이자 가늠자가 되어준다. 날숨과 함께 뱉어내는 덕주의 목소리를 들으면 순간 내 안에 불이 켜지는 것 같다. 어둠 속에서 촛불이 켜지고 상대방이 환하게 웃는 얼굴을 발견하는 기분이다. 가만히 손을 맞잡는 것을 느낀다.

예전에 팬카페에 올라온 글이 생각난다. 데이비드 호킨스가 지은《의식 혁명》이라는 책에 나오는 인간 인식의 에너지 수준에 대한 이야기다. 그 책에 따르면 "에너지 수준 600~700 사이로 측정되는 미술, 음악, 건축물의 걸작은 일시적으로 (관람하는) 우리의 의식을 높은 수준으로 데려갈 수 있으며, 그러한 것들은 영감을 불러일으키는 무시간적인 것으로, 보편적인 것으로 인정받는다. 에너지 수준 600은 평화의 에너지장으로써 초월 참나와 같은 각성에 이를 때 느끼는 것"이라는데 그마저도 천만 명 중 한 명이 도달할 수 있는 것이라고 할 만큼 어려운 경지라고 한다. 바로 이것을 우리 덕후들이 경험하는 것이 아니겠냐는 것이 글쓴이의 결론이었다. 옳구나, 바로 이것이구나. 덕후들은 덕주의 음악을 들으면서 항상 최고의 감동을 느끼니까 아마도 에너지 수준 600을 오르내릴 것이다. 게다가 주체와 객체와의 구별이 사라지는 경지에 이르니 초월 참나와 같은 각성에 도달할지도 모른다. 먼지 같은 존재로 태어나서 잠시나마 인류를 위해 이만한 에너지장을 만들어내는 데 기여하다니 보람찬 일이 아닐 수 없다.

♦ 언어가 우리에게 주는 첫 번째 능력은 경험을 개념적으로 조직하는 능력입니다. 개념은 행동하는 언어입니다. 개념은 우리가 접하는 사물과 사건을 분류하고 개별적 사건을 일반적인 것 중 하나의 예로 이해할 수 있도록 도와줍니다. (중략) 개념, 즉 언어가 없는 직관은 맹목적입니다. 일련의 술어를 활용할 수 있어야만 어떤 것을 어떤 것으로 보고 이해할 수 있게 됩니다. - 47p

언어처럼 덕질은 경험을 조직한다. 맹목적인 직관에서

덕질을 어떤 것으로 분류하고 언어로서 구체적인 술어가 되고 나면 의식이 환하게 제 모습을 드러낸다.

내게 덕질은 불꽃이 되는 것이다. 저 혼자 타오르는 불꽃. 곁에 선 이가 뜨거움에 뒤로 물러서지 않게 홀로 밝히는 불꽃. 하얗게 전소되어 내 안으로 침잠하는 것이다.

> ♦ 교양을 갖추려고 할 때는 무언가가 되려는 목적, 즉 이 세상에서 특정한 방식으로 존재하고자 하는 의식을 품고 노력하게 됩니다. 즉 자기 자신과 세계를 대면하는 방식, 바로 이것이 오늘 제가 이야기하고 싶은 주제입니다. - 9p

덕질은 내게 자기 자신과 세계를 대면하는 '특정한' 방식이 되어주었다.

덕질 사전

덕질 자신이 좋아하는 분야에 심취하여 그와 관련된 것들을 모으거나 찾아보는 행위를 이르는 말(네이버 사전). 덕후가 자신이 좋아하는 일을 하는 행위를 뜻한다. 다양한 분야의 덕질이 있는데 여기서는 주로 음악 관련한(글쓴이의 덕질과 관련된) 내용만 쓰겠다.

덕후 오타쿠(御宅)라는 일본어에서 비롯된 말이다. 자신이 좋아하는 분야에 '지나치게' 심취하여 사회생활이 불가능할 정도에 이른 사람들을 일컫는다(네이버 사전). 사회적 관계를 거부하고 자신만의 세계에 빠져 있는 이들에 대해 우려하는 목소리가 컸다. 어깨가 구부정하고 어눌한 태도를 보이는 이들에게도 오타쿠라는 딱지를 붙이고는 했다. 주로 부정적인 의미로 쓰였는데 천재적인 기질이나 세심한 공정을 잘하는 이들에게 쓰이기 시작하면서 긍정적인 면이 부각되었다. 〈세상에 이런 일이〉에 나오는, 성냥개비로 모형 배를 만든다든지 소주 뚜껑에 라떼 아트를 그린다든지 하는 기인들이 큰 역할을 했다. 긍정과 부정은 종이 한 장 차이다.

여기서는 주로 연예인을 따르는 팬을 일컫는 말로 쓰인다. 예전에는 '빠순이'라고도 했다. 어린 소녀들이 많아서 빠'순'이. 지금은 빠'돌'이도 무시할 수 없게 많아졌다.

자신이 특별히 좋아하는 분야가 있을 때 'OO 덕후'라고 스스로 소개하는 일이 많아지면서 어느 한 분야에 전문가 버금가도록 관심 있는 사람을 일컫는 말로 널리 쓰인다. 책 덕후가 대표적이다.

덕주 네이버 사전에 오르지 못했다. 더 많이 사용해서 사전에 오르도록 해야겠다. 덕후가 좋아하는 대상을 뜻한다. '덕후의 주인'이라는 뜻이라고 추측한다.

덕통사고 뜻밖에 일어난 교통사고처럼 어떤 일을 계기로 하여 갑자기 어떤 대상에 몹시 집중하거나 집착하게 됨을 비유적으로 이르는 말(네이버 사전). 그러니 왜 좋냐고 하거나 어디가 좋냐고 묻지 좀 말자. 이유가 없다. 사고 당한 사람에게 왜 사고를 당했냐고 묻는 것은 예의가 아니다. 그렇다고 "많이 힘드시겠습니다."라는 위로와 "빨리 회복하세요."라는 덕담은 하지 말자. 전혀 회복하고 싶지 않다. 행복한 사고니까.

덕업일치 덕질과 직업이 일치되었다는 의미로 덕질을 자신의 직업으로 삼은 사람들을 일컫는다. 대표적으로 나의 이 책이 덕업일치의 결과물이 될 것이다. 음하하!

덕밍아웃 오타쿠와 성소수자가 성 정체성을 스스로 밝히는 일을 뜻하는 '커밍아웃(coming out)'을 합친 용어다. 일반적으로 오타쿠는 사회적 인식 때문에 자신이 어떤 분야의 오타쿠라고 밝히는 것을 두려워하는 성향이 있는데 타인에 의해 의도치 않게 오타쿠라는 것이 알려지거나 스스로 공개하는 것을 가리켜 '덕밍아웃'이라고 한다. 한편, 덕밍아웃은 국립국어원이 2015년 3월 발표한 2014년 신어로 선정된 바 있다(네이버 지식백과).

덕밍아웃은 스스로 하는 것인데 타인에 의해 강제로 공개될 때 덕밍아웃을 '당하다'라고 표현한다니 놀랍다.

이는 진정한 의미의 덕밍아웃이 아니라고 본다. 덕밍아
웃을 존중하라!

성덕 '성공한 덕후'의 줄임말. 자신이 좋아하고 몰두
해 있는 분야에서 성공한 사람을 뜻한다. 자신이 좋아하
는 덕주와 만나거나 함께 일하게 되었을 때도 성덕이라는
표현을 쓴다. 하현우가 서태지의 대표적인 성덕이다. 하
현우가 서태지 공연에 게스트로 참여하고 함께 인터뷰 영
상을 찍기도 했는데 그때 하현우는 어릴 때 자신이 얼마
나 서태지를 좋아했는지 밝힌 바 있다.

최애 제일 아끼는 대상을 말한다. 여러 명의 덕주를
모시는 경우 또는 그룹이나 한 장르에서 가장 아끼는 대
상을 일컬을 때 쓴다. 예를 들면 "락덕(록 음악을 좋아하는 덕
후)인데 최애는 국카스텐이다."라고 말한다. 국카스텐 중
나의 최애는 하현우다. 하지만 누구도 빼놓을 수 없어 곡
마다 최애가 달라진다. 〈라플레시아〉, 〈도둑〉을 들을 때
는 하현우, 〈로스트〉, 〈싱크홀〉은 이정길, 〈감염〉, 〈파우
스트〉를 들을 때는 전규호, 〈매니큐어〉, 〈뱀〉은 김기범이
최애다. 아니다. 한 곡 내에서도 최애가 마구 뒤바뀐다. 〈붉

은 밭〉을 듣다 보면 시작은 베이스를 봐야 하고, 도입부는 드럼의 웅장함을, 동시에 서브 기타를, 간주는 기타를, 클라이맥스는 하현우의 퍼포먼스를 봐야 한다. 최애를 정하는 건 어려운 일이다.

입덕, 탈덕, 휴덕 말 그대로 덕질을 시작한 것, 덕질을 그만둔 것, 덕질을 쉬는 상태를 뜻한다. 참고로 우리 국덕(국카스텐 덕후)에게 휴덕은 있어도 탈덕은 없다. 출구 없는 매력을 가졌으니까. 페터 한트케의 《진정한 느낌의 시간》처럼 입덕하는 순간 돌이킬 수 없는 일이 일어난 것이다. 덕질하는 순간만이 살아있음을 느끼고 일상의 모든 것이 낯설어지며 실존에 대한 질문을 마구 던지게 된다.

금손 이것저것 잘 만드는 사람의 손재주를 칭찬하여 붙여주는 말이다. 아이돌 팬덤 문화 및 굿즈 제작이 활성화되면서 포토샵을 굉장히 잘하거나 굿즈를 예쁘게 만드는 사람을 '금손'이라고 부르기도 한다(네이버 국어사전). 금손이 있다면 똥손도 있다. 내가 그 똥손이었는데 지금은 흙손 정도로 발전했다. 금손 님들은 연금술사 수준이다.

찍덕 영상이나 사진을 찍는 덕후. 1시간 공연이면 1시간 내내 카메라 렌즈를 들여다보고 있는 찍덕들은 안방 1열 덕후들에게 가장 존경받는 대상이다. 땀이 흩뿌려지는 찰나의 순간도 놓치지 않는다. 이후 덕주 님의 다크서클조차 뽀얀 빛으로 바꾸는 보정 작업까지 해야 진정한 찍덕으로 승격된다. 게다가 덕후들에게 무상으로 공유하여 덕주의 찬란함을 만방에 알리는 역할을 한다. 세상의 모든 찍덕에게 경배를!

일코 '일반인 코스프레'의 줄임말이다. 주위의 시선이 두려워 자신이 좋아하는 연예인이나 취미 생활을 감추고 드러내지 않는 일을 일컫는다(네이버 국어사전). 우리가 아무리 덕주를 사랑해도 덕주 얼굴이 선명하게 그려진 굿즈를 입고 다니는 건 곤란하다. 커트 코베인이라면 몰라도 덕주 님 얼굴을 그대로 가슴에 새기는 건 태극 문양의 힙한 패션이 아니라 태극기가 선명하게 그려진 태극기 부대가 된 느낌이랄까.

떡밥 낚시 용어로 '미끼'라는 의미도 있고 관심을 끌기 위한 것을 뜻하기도 한다. 덕질 세계에서는 '화제'나 '이야깃거리'라는 뜻으로 쓰인다. 덕질에서 가장 좋은 떡밥은 당연히 덕주의 공연 소식이다. 덕주의 일정이나 사진, SNS 글, 기사 등등 덕주에 관련한 모든 이야깃거리가 떡밥이다. 떡밥이 많은 날은 "아무것도 안 먹어도 배가 부르다."라고 말하고 더 많이 먹어댄다. 흥분해서 아드레날린이 마구 분비되면서 어느새 먹고 있는 자신을 발견한다.

헤드 공연의 '헤드라이너'의 줄임말이다. 헤드는 보통 가장 마지막에 공연하고 포스터 중앙에 큰 글씨로 인쇄된다. K-뮤직이 대세가 되기 전 페스티벌의 헤드는 항상 외국 뮤지션이었다. 이제는 우리나라 뮤지션이 헤드가 되어도 순순히 인정하는 분위기다.

올공 한 시즌의 모든 공연을 뜻한다. 올공한다는 것은 모든 공연을 본다는 뜻으로 능력 있는 덕후의 상징이며 모든 덕후가 선망하는 일이다. 참고로 나는 올공을 한 번도 못 해봤다.

국덕 앞에서도 썼지만 좋으니까 다시 한번 말한다. '국카스텐 덕후'를 이르는 말이다. 국모닝, 국밤(잘 자요),

국뽕 등도 국덕끼리 자주 사용하는 단어다. 국뽕은 원래 '국가'와 '히로뽕'의 합성어로 국가에 대한 자부심이 가득 찬 상태를 표현한다. 하지만 국덕들이 말하는 국뽕은 '국카스텐'과 '히로뽕'의 합성어다. 공연 직후가 국뽕이 최고조에 이를 때다. 국뽕이 떨어질 때가 되면 나는 〈매니큐어〉를 듣는다. 특히 운전 중에 들으면 과속딱지를 폭탄으로 맞을 수 있다.

뉴비 *newbie.* 신출내기 미숙자를 뜻하는 용어인데 인터넷 등의 온라인 서비스를 처음 이용하는 사람을 뜻하는 용어로 자리 잡았다. 〈국카스텐 뉴비 가이드〉가 있다. 떼창 포인트 같은 유용한 것도 있지만, 국뽕이 덜 찼을 때 보면 쉽게 탈덕할 수 있는 '덕주 님 혐짤 피하는 법' 같은 더 유용한 조언도 있다.

굿즈 *goods.* 본래는 상품을 뜻하나 특정 브랜드나 연예인 등이 출시하는 기획 상품을 뜻하는 것으로 더 많이 쓰인다. 정확히 말하면 *MD(Merchandise)*이다. 소속사에서 굿즈를 상품으로 내기도 하지만 덕후들이 스스로 만들기도 하는데 더 예쁘다는 것이 함정.

셋리 *setlist.* 공연의 노래 순서가 담긴 리스트를 말한다. 내가 못 가는 공연이 헤븐이 되는 셋리라는 불문율이 있다. 결국 올공이 답이다.

스밍 스트리밍을 줄여서 쓰는 말. 음악 파일이나 동영상 파일을 스마트폰 따위의 휴대용 단말기나 컴퓨터에 내려받거나 저장하여 재생하지 않고 인터넷에 연결된 상태에서 실시간으로 재생하는 일, 또는 그런 재생 기술이나 기법. 규범 표기는 미확정이다(네이버 사전).

스밍을 하는 이유는 하나다. 내 가수를 인기순위에 올리려는 것이다. 이 방식에 대해 문제 제기가 많지만 아직 딱히 제동을 걸어주는 장치가 없다. 윤종신이 인기차트에서 자유롭기 위해 10년이라는 세월을 바쳐 〈월간 윤종신〉을 발행했지만 역설적으로 〈좋니〉가 역주행하면서 인기차트가 얼마나 중요한지 방증해주었다.

떼창 큰 무리의 구성원들이 같은 노래를 동시에 부르는 것을 말한다. 목적이나 행동을 같이하는 무리를 뜻하는 '떼'와 노래하는 것을 의미하는 한자 '창(唱)'의 합성어이다(네이버 사전). 떼창 포인트를 알고 공연에 가면 더 재미있다. 하지만 제발 떼창 포인트 외에 아무 때고 큰소리로 노래 불러서 주변 사람들이 가수가 아닌 옆사람 노래만 듣다가 돌아가는 일이 없도록 하자. 함께 관람하는 자들에 대한 예의다.

2장

덕후로 사는 길

덕질, 어디까지
해봤니 1

♦ 교양을 쌓은 사람이라면 그 사람은 자연히 특정한 종류의 호기심을 가지게 되어 있습니다. 만일 내가 다른 언어를 쓰고 다른 지역과 다른 시대에 태어났더라면, 다른 기후 환경에서 자라났더라면 어땠을까 궁금한 마음이 생기는 것입니다. 만일 내가 다른 직업을 가지고 다른 사회계층에서 성장했다면 어땠을까 상상해봅니다. 깨어있는 정신으로 어딘가로 여행을 가고 싶어집니다. 여행을 그동안 불편하게 느꼈던 것들을 이해하고 받아들일 수 있는, 내면의 경계선을 넓히는 계기로 삼고 싶어집니다. - 24p

호기심이 생겼다. 다른 음악은 어떨까. 다른 뮤지션은 어떨까. 다른 시대, 다른 장소의 음악은 어떨까. 호기심은 그동안 단절되었던 시선의 확장을 가져왔다. 국카스텐만 듣고 국카스텐만 보는 것에서 나아가 다양한 음악을 들어보고 내 음악적 취향을 넓히게 되었다. 라디오 헤드, 레드 핫 칠리 페퍼스가 좋았고 이매진 드래곤스를 들었다. 이왕이면 고개 처박고 달려가는 덕질을 하기보다는 여행하는 마음으로 밖으로 나가 구석구석 다녀보자 마음먹었다.

록 페스티벌을 온전히 경험해보기로 했다. 이전에는 국카스텐이 나오는 시간에 맞춰서 갔는데 일부러 국카스텐이 나오지 않는 곳을 찾아갔다. 그들이 나오면 내 의지대로 체력 안배와 감정적 안배가 되지 않을 테니까.

생전 처음 보는 밴드의 음악에 몸을 맡겼다. 아주 가뿐하게 놀 수 있었다. 아무런 무게감 없이. 미움과 슬픔, 기쁨과 좋음, 그 어느 것도 없는 상태로 바라보아도 되는 대상은 내게 아무런 무게감을 주지 않는다. 불교에서 말하는 해탈은 이러한 것인가. 감정의 소모가 하나도 없다. 또한 감정이 채워지지도 않는다. 감정을 비울 필요도 채울 필요도 없으니 이렇게 가볍거늘 왜 나는 누군가를 사랑하고 미워하고 애달파하는가. 설렘과 떨림과 기대와 불안, 온갖 번뇌 속에 내 발로 뛰어 들어가는가. 인간은 고통을 느껴야 사는 감각의 존재인가. 득도한 이들이 누누이 말하는 공(空)의 경지에서 아무런 깨달음을 얻지 못하다니, 한심하다. 휘몰아치는 격정을 느끼기 위해 질긴 인연을 만들고 감정의 소용돌이 속에서 헤매야 살아있는 것 같으니 어쩌랴. 그래. 기꺼이 사랑하고 기꺼이 미워하고 마음 졸이며 살아가련다. 보면 볼수록 내 덕주가 그리웠다.

홍대로 인디밴드를 보러 갔다. 국카스텐도 처음에 홍대에서 인디밴드로 활동했다. 그때의 분위기를 알고 싶기도 했다. 국카스텐 공연을 보다가 알게 된 모브닝이라는 팀이 기억에 남아서 그들의 공연 일정에 맞춰 길을 나섰다. 몇십 년 만에 오게 된 홍대. 내가 홍대에 와보다니, 그것만으로 괜히 마음이 들떴다. 공연 장소를 몰라 헤매고 있는데 앞에 기타를 맨 청년이 걸어가고 있었다. 어디 한번 따라가 보자 했는데 마침 그 청년이 내가 찾아 헤매던 그 공연장으로 들어서는 게 아닌가. 알고 보니 모브닝의 베이시스트였다. 가볍게 인사를 하고 돌아 나왔다. 아직 공연 시간이 남아서 식당에 갔다. 밥을 먹고 있는데 모브닝 멤버들이 식사를 하러 들어왔다. 뮤지션을 이렇게 가까이서 아무렇지도 않게 만나다니 기분이 이상했다. 괜히 사생팬(죽자 살자 쫓아다니는 팬)이 된 것 같아 민망하기도 했다. 내가 쫓아 들어간 게 아니라 그들이 내가 있는 식당에 온 것인데도 말이다.

모브닝은 이후에 티브이에도 나오고 인기도 꽤 높아졌다. 내심 뿌듯해했는데 갑자기 멤버들이 입대를 했다. 살짝 현타(현실 자각 타임, 현실을 깨닫게 된다는 뜻)가 왔다. 잘생기면 다 오빠라지만 아들뻘의 오빠라니.

그 뒤로도 몇 번이나 홍대 공연장을 기웃거렸다. 관객이 너무 적다 보니 어느 순간 음악을 듣는 게 아니라 뮤지션을 응원하고 있는 내가 보였다. 누가 보면 가족인 줄 알았을 것이다. 물개박수를 쳐주고 있었으니. 게다가 무대와 객석이 가까워서 공연 중에 뮤지션과 눈을 마주치는 게 부담스러웠다. 서로 눈에 끼인 눈곱까지 보일 지경인데 어떻게 음악에 몰입할 수 있느냐 말이다. 어떤 덕후들은 덕주가 자신을 알아봐 주고 기억해주길 바란다는데 나는 덕주가 신의 경지에 있는 편이 좋았다. 쉽게 만날 수 있는 덕주라니, 그건 누추한 장판 바닥을 랜턴 플래시로 비추는 것 같지 않은가. 그저 눈에 띄지 않는 새우젓 한 마리(수많은 객석 중의 한 명이라는 뜻)가 되어 뒤에서 있는 힘껏 주접을 떠는 편이 내게는 편했다.

대전으로 이사를 하면서 더는 홍대에 갈 수 없게 되었

다. 하지만 지역에서 작은 공연이 있다고 하면 가급적 찾아가고 사인도 받는다. 언젠가 내 덕주에게 그래 주었을 누군가에게 감사하는 마음으로.

덕주의 사인을 받아본 적이 있다. 워낙 인기 있던 시절에 입덕을 해서 사인받을 수 있는 날이 영원히 오지 않을 것만 같아 안달이 난 적도 있었다. 하지만 오랜 덕질 끝에 가까이에서 얼굴을 보고 사인도 받았다!

역시 꿈꾸는 시간이 더 아름다운 법. 오래도록 상상하고 머릿속에 그려본 순간이었지만 생각할수록 이불킥만 날릴 흑역사가 되어버렸다. 덕주는 상상보다 훨씬 맑고 하얀 사람이었다. 눈도 맑고 피부도 맑고 아우라도 맑았다. 맑다는 말은 덕후가 아닌 일코로서 하는 표현이고 덕후의 입장에서는 눈부셨다. 사람을 향해 눈부시다는 말을 쓰는 것은 그저 문학이나 영화에서나 쓰는 말인 줄 알았다. 실제로 경험해보니 눈부시다는 말이 딱 맞는 표현이었다. 문제는 그런 덕주를 바라보던 나의 지질함이었다. 그럴 거라고 생각은 했지만 예상보다 심각했다. 돌아 나오다가 다리가 풀려 주저앉았다. 같이 갔던 친구가 신신당부했다. 우리 나이에 그렇게 흥분했다가는 무슨 일이 생길지 알 수 없으니 제발 진정하라고. 집에 가서 꼭 무사히 도착했다는 연락을 하라기에 걱정해주는 마음이 고마워 문자를 넣었더니 사진 한 장이 도착했다. 주저앉았던 내 모습을 찍은 사진이었다(잔인한 친구 같으니라고). 별처럼 멀리서 바라만 보는 게 내게는 적절한 덕질 방법이다.

내가 바라는 음악은 아니 인생은 '설레임'이어야 한다. 딱딱한 설레임을 조몰락조몰락해야 겨우 사각거리는 얼음 맛을 볼 수 있는 그런 설레는 순간 말이다. 한 번에 단물이 꼴까닥 목 뒤로 넘어가 버리는 설레임은 설레임이 아닌 것이다(생각하는 그 아이스크림, 맞습니다).

> ♦ 자신이 속한 문화적 정체성과 도덕적 정체성이 가진 역사적 우연성을 깨닫고 인정하는 사람만이 제대로 성숙한 사람입니다. 사람, 죽음, 도덕, 행복에 관한 문제에 대해 자기 것이 아닌 남이 만든 기준에 맞춰 사는 한, 사람은 자신의 생에 완전한 책임을 진다고 말할 수 없습니다. - 23p

어린 시절 누구나 한 번쯤 해봤음 직한 일, 라디오에 신청곡과 함께 사연 보내기를 했다. 〈별이 빛나는 밤에〉 시대를 살았지만 친구랑 이불속에서 라디오에 귀를 기울이며 키득거린 추억만 있을 뿐 사연을 보내본 적은 없다. 누가 이 삭막한 인간에게 불씨를 댕겼는가.

사연 주제가 '나만의 비법'이었다. '갱년기를 이기는 나만의 비법'이라는 제목이 딱 떠올랐다. 국카스텐을 만나 전국을 떠돌며 공연을 보면서 갱년기를 이기고 있다는 이야기를 써서 보냈다. 남의 기준에 맞춰 살던 생활방식을 내던지고 덕질을 통해 나만의 행복, 나만의 정체성을 찾게 되었다는 마무리까지 술술 나왔다.

사연이 소개되었고 선물로 외식 상품권을 받았다. 아이들과 남편은 더 하라고 나를 부추겼다. 상품권도 좋지만 내가 덕주의 노래를 라디오에 흐르게 했다는 게 보람찼다. 내 신청곡은 하현우의 솔로 앨범에 있는 〈항가〉라는 노래였는데 음악대장의 〈백만 송이 장미〉를 들려주었다. '먼 옛날 어느 별에서'로 시작하는, '먼(날숨)'만 듣고도 가슴이 저릿해서 깊은숨을 내뱉으며 아득히 먼 백 년 동안의 고독 속으로 유체 이탈하게 하는 바로 그 곡, 말이다.

> ♦ 교양인이란 사람이 살아가는 방법에 실로 여러 가지 가능한 길이 있다는 것에 대해 깊고도 폭넓은 이

최근 아르헨티나 팬들을 팔로우하고 있다. 그들이 어찌나 열심히 덕질을 하면서 일상을 사는지 SNS에 올라오는 글을 보는 것만으로도 삶의 활력이 생긴다. 그들은 덕주의 노래를 스페인어로 번역해서 스페인 언어를 쓰는 팬들에게 제공한다. 얼마 전에는 덕주의 굿즈나 앨범을 스페인 등 외국 팬들이 살 수 있게 배려해달라는 요청을 소속사에 하기도 했다. 그들의 적극적인 참여를 보면서 많은 국내 팬들이 감동을 하여 개인 굿즈를 선물하는 등 응원을 아끼지 않고 있다.

그중 한 분이 한글 연습을 하는 사진을 올렸다. 한류로 인해 많은 외국인이 한글을 배운다는 기사를 보기는 했다. 하지만 어두운 스탠드 아래 정자체로 한글을 또박또박 써놓은 공책을 본다는 것은 기사로 아는 것과는 완전히 다른 느낌이었다. 그들이야말로 교양인이 아닌가. 하나라도 그 뜻을 놓치지 않으리라는 마음으로 가사를 필사했던 나와는 또 다른 의미를 가진 행위일 것이다. 도대체 무엇이 그들을 한글까지 배우게 만드는 것일까. 도대체 무엇이 우리를 이렇게까지 깊어지게 만드는 것일까.

덕질로
예술하기 1

♦ 어떤 행복이 있는지 알아볼까요? (중략) 어느 한순간 자신의 생에서 중요한 것이 무엇인지 알아채게 되었을 때의 신선한 행복, 그동안 달려오던 궤도에서 이탈해 내면의 모습을 바꾸고 결국 자신의 삶을 스스로 만들어갈 때의 느낌을 일궈냈을 때의 해방감, 사회적 상상력을 길러 도덕적 감수성에 관한 자신의 내적 지평을 넓혔을 때 겪게 되는 예기치 못한 경험 같은 것들을 들 수 있습니다. - 39p

어떤 덕후들은 일본, 필리핀, 미국 등지까지 따라가 공연을 본다. 앨범과 굿즈를 사고 직접 만들어 공구(공동구매)를 하기도 한다. 고성능 카메라를 사서 사진이나 영상을 찍어 올리고 그림을 그리는 이들도 있다. 그러다 아예 진로가 바뀌기도 한다. 덕주를 롤모델 삼아 음악을 시작하는 이들도 있었으니 이들을 이른바 성덕(성공한 덕후)이라고 한다. 덕후라면 누구나 성덕이 되기를 바라지만 성덕은 아무나 하나. 성덕이 아니어도 덕질을 더 풍요롭게 하기 위해 뭐든지 해본다. 합작으로 글을 쓰고 사진 짤을 만들고 노래를 커버하고 그도 아니면 트잉여(트위터를 많이 하는 잉여 인간)가 되어 피드를 덕주 이야기로 채우기도 한다.

음악을 듣다 보니 나도 뭔가 음악적 행위를 해보고 싶어졌다. 음치에 박치라 최대한 쉬운 것을 찾아보다가 우쿨렐레를 해보기로 했다. 가볍게 노래 부르며 반주하는 법을 배우는 것인데 평소에 음악을 전혀 안 듣던 나는 아는 노래가 없었다. 들어보면 알 거라고 하지만 매번 "이 노래도 몰라?" 소리를 들었다. 그렇지 않아도 음감 없는 내가 모르는 노래를 익혀가며 배우는 게 쉽지 않았다. 한번은 친구가 우연히 연습 장면을 보고는 박장대소를 하며 뼈 때리는 소리를 했다. "너처럼 뻣뻣하게 치는 사람은 절대 익힐 수 없어." 그래도 열심히 연습했고 어느 정도 익히고 나면 즐길 수 있으리라 생각했다. 결국 1년 만에 친구 말이 사실임을 입증하고 말았다. 함께하는 사람들에게 폐를 끼치는 수준이었다. 칫, 음악이 안 된다면 그림으로 도전해보리라!

미대 오빠였던 덕주(대학 1학년 때 자퇴했지만)는 앨범 재킷을 직접 그리고, 멤버들의 옷도 그리고, 앨범을 낼 때 찍는 사진의 배경도 그린다. 그러니 내가 그림을 그려보겠다고 덤비는 건 당연지사.

하지만 내 그림은 유치원 아이들과 비교해서도 절대 밀리는 졸라맨 수준이다. 너무 기초가 없어 학원에 갈 수도 없었다. 개인적으로 배우려고 물어보니 일단 혼자 낙서라도 해보라는 조언을 해주셨다, 감사하게도.

그래, 우리에겐 유튜브가 있으니까 따라 그려보자. 하지만 유튜브조차 그림을 좀 그려본 사람에게는 도움이 될지 몰라도 나처럼 맹탕인 상태로는 전혀 도움이 되지 못했다. 그때 어떤 분이 혹세무민하는 소리를 했는데 하루한 점씩 석 달만 그리면 누구든지 그림을 그릴 수 있다는 것이다. '그래, 그거다.' 무지한 백성은 바로 넘어갔다. 무조건 '100일 100그림'에 도전하기로 했다. 무식하면 용감하다는 말이 내게 딱 맞는 말이었다.

처음에는 내가 연필을 들고 있다는 것만으로도 뿌듯했

다. 하지만 어디서부터 그려야 할지 몰라 방황했고 무엇을 그려야 할지 몰라 막막했다. 아무거나 보이는 대로 그렸다. 아무 데나 내 마음대로 시작점을 찾아 그렸다. 그렇게 열흘쯤 지나니까 사람이나 사물을 뚫어지라 쳐다보게 되고 그러면서 내 눈에도 달리 보이는 부분이 조금은 생겼다. 무엇보다 혼자 하니까 누군가에게 폐를 끼칠 일이 없어서 마음이 편했다.

덕심으로 시작한 그림이니까 덕주를 그리고 싶었다. 다른 사람은 어딘가 닮은 구석이 보이게도 그리는데 이상하게 덕주만큼은 전혀 닮게 그려지지 않았다. 아무에게 보여주지 않아도 내가 아는 불경스러움은 어쩔 것이냐, 당분간 덕주는 포기했다. 대신 나만의 굿즈를 만들었다. 청바지에 팬들만 아는 상징적인 그림을 그려 넣거나 핀 버튼을 만들어서 가방에 덕지덕지 달았다. 심지어 덕친에게 선물도 했는데 다들 너무 좋아해 주어서 내가 다 감격스러웠다.

공연에 갈 때 내 차림새는 이렇다. 펜로즈(덕주의 가슴팍에 타투로 새겨진 문양)를 그린 청바지와 로고가 그려진 셔츠를 입고, 사인이 그려진 키타 피크 목걸이를 하고, 가사를 써넣은 손수건을 팔에 두르고, 와펜을 붙인 모자를 쓰고, 핀 버튼이 가득한 가방을 든다. 완전 움직이는 광고판 수준이다.

졸라맨을 벗어난 정도일 뿐인데 스스로 대견해서 자꾸 자랑이 하고 싶어졌다. 가족에게 보여주면 코웃음을 치지만 주변 사람에게 보여주면 많이 늘었다고 칭찬해주었다. (그들에게 이 자리를 빌려 심심한 사과의 말씀을 드린다.)

하지만 그것도 하루 이틀이지 뻔한 그림을 자꾸 보여줄 수가 없어서 SNS에 올리기 시작했다. 나와의 약속으로 '1일 1그림' 업로드를 시작했는데 지속성을 가지게 되어서 좋았다. 실제 그림보다 사진이 그럴듯하게 찍히니까 팔로우가 느는 재미도 있었다. 그렇게 석 달이 1년이 되고 2년이 되고 지금은 3년 차가 되었다. 꾸준함의 비결이 뭐냐고 묻는 사람들이 있다. 덕후에게 그리고 싶은 덕주만큼 강력한 동력이 뭐가 있겠는가. 여전히 잘 그리지는 못하지만 가끔 내 덕주를 그려보면 남들도 누군지 알아본다! 덕주를 욕보이지 않아서 다행이다. 예기치 못한 경험과 기쁨에 근자감(근거 없는 자신감)까지 생긴다.

> ♦ 문학을 읽는 것은 영혼의 언어를 배우는 것입니
> 다. 문학 독자는 같은 것을 놓고도 이전과 다르게 느

　　　　　　　　　　　　　　2장. 덕후로 사는 길

> 낄 수 있다는 것을 알게 되고 자신에게 익숙하지 않
> 은 다른 사랑과 다른 미움을 배웁니다. 영혼의 차원
> 에서 일어나는 일들에 대한 새로운 말들과 새 은유를
> 배웁니다. 구사할 수 있는 단어와 개념들이 늘어났기
> 때문에 자기가 겪은 경험을 세분해서 이야기할 수 있
> 고 이는 뒤집어 말하면 사건을 더욱 세밀하게 분화시
> 켜 느낄 수 있음을 의미합니다. - 28p

문학뿐 아니라 예술은 영혼의 영역이다. 잘 그리고 못 그리고를 떠나서 그림을 그리는 그 순간 내 영혼에 속살이 차오르는 것을 느낀다. 매일 내 영혼을 들여다보는 시간을 가진다는 것, 예술을 하는 덕주의 감정을 잠시라도 느껴본다는 것, 그 순간순간은 내가 한 번도 가보지 못한 골목 여기저기 같았다. 때로는 심심하고 때로는 지루했지만 나는 지치지 않고 골목을 누볐다.

어느 날, 나무가 형태로 보이는 게 아니라 색채로 보였다. 다양한 색채가 어우러져 나무라는 하나의 덩어리를 이루고 내 눈앞에 나타난 것이다. 나뭇잎도 테두리나 선이 아니라 색채의 온도로 이루어져 빛조차 그중 하나로 보였다. 아직 그것을 그림으로 형상화하지는 못하지만 지

금까지 볼 수 있었던 것과는 또 다른 층위의 세상이 열렸다. 본다는 것, 보인다는 것이 누구에게나 다 똑같지 않다는 것을 깨달았다. 화가는 보이는 것과 다르게 그리는 사람인 줄 알았는데 어쩌면 화가는 자신이 본대로 그렸을지도 모른다. 그들의 영혼은 무엇을 말하고 싶었을까. 아니, 인간은 누구나 다른 눈을 가졌는지도 모른다. 우리는 무엇을 보고 무엇에 귀 기울이고 무엇을 서로에게 보여주고자 애쓰는 것일까. 예술이 나를 세밀하게 분화시키고 있다는 것을 실감했다.

공연을 할 때 무대 뒤로 영상이 띄워진다. 음악이 전하려는 메시지를 이미지화한 것인데 영상, 그러니까 그림을 주의 깊게 본다. 전에는 노랫말과 악기가 하던 말을 각각 알아들었다면 그림을 그리기 시작한 후에는 영상과 함께 3D 형태로 전달된다. 그들은 음악으로만 말하고 있는 게 아니었구나, 무대 구성, 장치, 동선, 모든 것이 그들의 언어였구나, 새삼 느낀다. 아는 것이 아니라 느낀다. 고스란히 감각화되어 드러난다. 마음의 온도가 조금 더 올라가고 움츠러들었던 어깨가 느슨해진다. 세상은 제법 아름답다.

덕질, 어디까지
해봤니 2

♦ '아는 것이 힘이다.' 교양의 개념을 대표하고 있는 이 말에는 자신이 가진 지식으로 남을 지배하라는 뜻은 없습니다. 지식의 힘은 다른 데 있습니다. 지식은 희생자가 되는 것을 막아줍니다. 뭔가를 알고 있는 사람은 불빛이 반짝거리는 곳으로 무작정 홀릴 위험이 적고 다른 사람들이 그를 이익 추구의 도구로 이용하려고 할 때 자신을 지킬 수 있습니다. - 14p

자신만의 방향성, 그리고 가치를 가진 교양인은 자신을 지킬 수 있어야 함은 물론이고 시민으로서 자신이 지켜주어야 할 것을 지킬 수도 있어야 한다. 지켜준다는 말에는 타자성이 있는 듯하지만 그것도 실상 자신을 위한 일이다. 왜냐하면 우리는 생각보다 훨씬 많이 연결되어 있어 지켜주지 않으면 나 자신도 지키기(또는 혜택을 바라기) 힘드니까 말이다. 코로나19로 우리는 충분히 그 의미를 체험하고 있다.

인디밴드 공연을 보면서 우리나라 음악 산업에 대한 문제점이 크게 와 닿았다. 어떻게 이렇게까지 열악할 수가 있나. 내 덕주도 그런 시절을 보내야만 했다. 경제적으로 자립할 수 없어 항상 누군가의 도움을 받아야 했고 배고프게 살아야 했다. 라면을 끓여 먹고 국물을 냉동실에 얼려두었다가 먹기도 했다는 에피소드는 그들만의 것이 아닐 터이다. 가장 힘든 것은 마음껏 음악을 할 수 없다는 것이다. 원하는 악기를 사고 녹음을 하고 앨범을 만드는 과정을 제대로 할 수 없는 답답함이 가장 컸으리라. 오래전 인터뷰 영상을 보면 한 달에 50만 원을 받는데 기름값하고 연습실 사용료를 내고 나면 라면 먹을 돈도 없다고 했었다.

인디밴드의 등용문이라고 하는 헬로루키 상을 받았을 때 수상 소감으로 상금이 생겨 다행이라며 앨범 시디는 만들었는데 앨범 재킷을 인쇄할 돈이 없어 기도만 하고 있었다고 말할 정도였다. 그 당시 그들은 홍대에서 이미

아이돌급이었는데 말이다.

내 덕주는 다행히 유명해졌다. 하지만 아직도 앨범을 새로 낼 때마다 경제적인 어려움을 겪는다. 게다가 자신의 음악적 신념을 지키기 위해서도 끊임없이 싸워야 한다. 〈나는 가수다〉 프로그램으로 유명해지고 나서 소속사가 대중적인 음악을 할 것을 강요하는 바람에 소송까지 해야 했다. 지금도 그들의 1집을 자신의 것으로 가져오지 못했다. 그래서 앨범만큼은 소속사의 도움을 받지 않고 독립적으로 만든다고 한다. 누군가는 이익을 위해 그러하겠지만 그들은 자신을 지키기 위해, 자신들의 음악적 신념을 훼손당하지 않기 위해 발버둥 친다.

수많은 어린 국카스텐, 인디 뮤지션을 위해 내가 할 수 있는 일이 없을까 고민하게 되었다. 공연을 축하하는 화환을 각종 커뮤니티에서 보낸 것을 보면서 아이디어가 떠올랐다. 축하 화환은 팬들이 십시일반 정성을 모은 것이다. 화환에 넣을 문구 하나도 회원들이 몇 날 며칠 고심해서 내온다. 대부분 쌀 화환과 연탄 화환으로 어려운 이들에게 쌀과 연탄을 기증하게 된다. 그것도 의미 있지만 이왕이면 인디밴드, 후배 가수들을 후원하는 화환을 만들면 어떨까.

2장. 덕후로 사는 길

아이디어를 실현할 방도를 찾다가 우연히 플랫폼 '삼천원'이라는 곳을 알게 되었다. '덕후들이 덕주에게 월 3000원씩 월급을 주자'라는 콘셉트의 사이트이다. 예술인들이 사이트에 등록하면 그를 후원하는 사람들이 월정액을 내는 방식이다.

이 회사를 만든 대표의 인터뷰를 찾아보니 그도 누군가의 덕후였다고 한다. 어느 날 덕통사고를 당했는데 그날의 공연이 마지막 공연이었다는 것이다. 아니, 오늘 덕통사고를 당했는데 이제 다시는 그 음악을 들을 수 없다니 얼마나 절망스러웠을까. 그때 결심했다고 한다. 내 덕주는 내가 살리자, 예술인들이 지속 가능한 예술을 할 수 있게 우리가 도와주자. 그의 실행력이라면 내가 생각한 아이디어도 실현해줄 것 같았다. 그 회사로 기획서를 가지고 갔다.

불행히도 그들은 아직 기반을 다지는 중이었다. 더구나 내가 아무런 능력이 없는 걸 알고(하다못해 커뮤니티 스텝이라도 되어서 실험적으로라도 후원 화환을 시도해볼 수 있는 위치라면 모르지만) 정중히 거절했다. 낯선 상암동 거리를 방황하며 머리만 박다가 돌아왔다.

기획 컨설턴트인 남편에게 도움을 청했다. 남편은 프

로골퍼들이 홀인원을 하면 후원기업이 사회에 일정 금액을 기부하는 문화가 있다고 했다. 하지만 그 기부금이 어려운 소년소녀 골퍼들에게 갈 수 있도록 지정하는지는 모르겠단다. 게다가 팬들이 하는 기부라니. 팬들이 손쉽게 기부금을 결제할 수 있는 시스템이 없어서 쉽지 않을 것 같다는 것이다. 그때 카카오페이가 있었더라면 이 문제는 손쉽게 해결되었을 텐데, 아쉽다. 물론 그랬다면 내 아이디어는 카카오의 것이 되어버렸겠지만 말이다.

결국 현실화되지는 못했지만 배우고 얻은 것도 많다. 덕주를 통해 생각지 못한 사회의 단면을 보게 되었고 생각보다 문화예술을 아끼고 키우고 싶어 하는 사람들이 적지 않다는 것을 알게 되었다. 어쩌면 내가 인디 문화를 위해 무언가를 할 수 있는 사람이 될지도 모른다는 설레는 시간도 가졌다. 세상에 대한 흥미를 잃어버렸던 내게는 의미심장한 일이었다.

군이 실현되지 못한 아이디어를 글로 남기는 이유는 지금이라도 누군가가 이 글을 보고 실현해주면 좋겠다는 기대를 저버리지 못했기 때문이다.

얼마 전 논산에서 공연을 봤다. 사전 공연으로 지역 음악인들이 나왔다. 아직 아마추어이거나 프로일지라도 공연할 기회가 많지 않은 지역 예술인에게 그런 기회를 주는 것은 굉장히 바람직해 보였다. 그러고 보니 내 지역을 대표할 만한 예술인이 지역 공연에서 외면 받는 일이 의외로 많다. 지역마다 다양한 축제가 있지만 서울에서 대형 가수를 모셔오는 데만 급급하다. 덕분에 우리 덕주들의 공연을 자주 볼 수 있지만 말이다.

지역이 살아야 나라가 산다고 말로만 하지 말고 지역 내 예술인들에게 먼저 기회를 주었으면 좋겠다. 지역을 대표하는 공연장, 지역을 대표하는 예술인, 지역을 대표하는 서점, 지역을 대표하는 문화 중심지가 많이 생겨났으면 좋겠다. 하긴 대표 초대 가수인 국카스텐 멤버 모두가 안산에 살고 있는데 아직 우리 덕주들은 안산의 무대에 설 기회를 얻지 못하고 있다. 안산시는 각성하라! 아니 안산의 자랑, 국카스텐을 꼭 불러주세요~ 맨날 안산 좋다고 자랑하는 국카스텐, 나 같으면 부르겠다!

제주도에 공연을 보러 갔을 때 이중섭 기념관을 보게 되었다. 아내와 주고받았던 손편지와 작은 메모까지 전시되어 있었다. 국카스텐도 그런 기념관이 있으면 좋겠다는 상상을 했다. 돈을 많이 벌면 좋겠다는 생각을 난생처음 해봤다. 얼마 전 드라마 〈사랑의 불시착〉에서 윤세리가 세계적인 음악재단을 만들어 리정혁을 만나는 것을 보면서 그녀가 퀸즈 그룹 회장이 된 것보다 음악재단을 세운 것이 더 부러웠다.

그 외에도 덕친의 그림으로 컬러링북을 만들고 싶었다. 덕주의 노래를 다양하게 해석한 책도 내고 싶었다. 어떤 것은 덕주 측에서 반대를 했고 어떤 것은 출판사에서 받아주지 않아서 포기했다. 미련을 못 버리고 결국 이 책을 쓰게 되었으니 이제 여한이 없다.

이런 시도가 교양을 쌓는 일과 무슨 상관이 있느냐고 할 수도 있다. 하지만 사람은 스스로 충만해질 때 더 큰 것을 감지할 줄 안다. 스스로를 위해 또는 세상을 위해 유의미한 존재가 되려고 애쓰게 된다. 그런 시도는 시도만으로도 가치 있지 않을까.

♦ 우리는 교양을 방해하는 온갖 것들을 대하는 한 사람의 태도를 보고 그가 교양인인지 아닌지를 식별할 수 있습니다. 교양이 있는 자의 태도는 뜨뜻미지근하지 않습니다. 방향성, 깨어있음, 자아 인식, 상상 능력,

자기 결정, 내적 자유, 도덕적 감수성, 예술 행복 등
　　그야말로 모든 것을 다 아우르기 때문입니다. - 41p

　조기현 작가가 쓴 《아빠의 아빠가 됐다》는 스무 살 아들이 치매에 걸린 아버지를 돌보는 이야기이다. 그동안 이런 이야기는 효행으로 이어져 측은하고 기특한 눈길을 받는 것으로 끝났다. 하지만 조기현 작가는 개인의 이야기가 개인의 것으로 그쳐서는 안 된다고 생각했다. 끊임없는 사유로 자신과 아버지가 겪는 일을 해석해보려 애썼다. 그 결과 돌봄의 공공성이라는 시민으로서의 시선을 건져내고 독자들의 관심을 끌어내는 데 성공했다.

　조기현 작가의 자기 삶에 대한 끈질긴 해석과 시도를 나도 덕질에서 놓치지 않으려 한다. 굳이 여기서 얼마 전 봉준호 감독이 이야기한 "개인적인 것이 가장 창의적인 것"이라는 말을 끄집어내지 않더라도 개인적인 경험은 가장 진실하면서도 새로운 관점을 드러낸다. 가짜가 아닌 선명한 진짜를 찾아내려는 시도는 퇴적층처럼 내 안에 쌓인다.

　〈프레임〉이라는 곡이 있다. "보고 또 바라봐도 깨진 눈

으로도 빚었던" 수많은 "추방당한 아름다움"은 우리가 외면하거나 바라봐주지 않던 것들이며, "뛰고 더 뛰어 봐도 같은 자리를 돌았던 많은 그 자국들은 구겨 넣어 틀에 맞춰진 날 보는 나의 관음"은 아무리 애를 써도 프레임 안에서만 맴돌게 되는 나의 시선과 관점에 대한 이야기다.

"구겨 넣어 틀에 맞춰진 날 보는 나의" 시선을 돌려 "흔들리고 흔들리고 흔들어 날 깨뜨"리려 한다. 항상 같은 자리를 돌았던 내 모습에서 벗어나 "너무 많이 버려진 살아 있던 어린 독백들"이 "날 깨물어" 살아 움직이려 한다. 움직여 흔들어댄다. 깨문다는 것은 일종의 공격이다. 깨트리는 것보다 더 적극적으로 나의 변화를 꾀하는 것을 말한다.

프레임을 바꾸자 나 자신의 변화에서 한걸음 더 나아가 내 눈앞의 풍경까지 변화한다. 나를 둘러싼 인간관계, 사회적 관계를 다시 보고 그 규칙과 질서를 깨닫고 경외하기도 하고 두려움에 떨기도 한다. 프레임은 그렇게 달라지기도, 커지기도, 살아나기도 한다. 무엇보다 살아나는 것이다. 관계에 생명을 불어넣는다.

"늙고 오래돼 버린" 시선에서 고개를 들어 조금만 둘러보면 그동안 내가 외면했던 세계가 하나씩 색을 입고 살아난다. 존재하는지도 몰랐던 덕질 세계가 이토록 힘차게 박동하는 것처럼.

> ♦ 언어는 우리를 생각하는 존재들로 이뤄진 공동체
> 로 만듭니다. - 50p

생각하라. 덕질처럼 뜨거운 경험을 그대로 흘려보내기
에는 너무 아깝지 않은가.

덕질로 예술하기 2

♦ 어떻게 보면 그는 그 이야기를 꼭 했어야만 했습니다. 말이라는 서술적인 방식으로 표현하지 않으면 견뎌낼 수 없는 것들이 있기 때문입니다. 바로 이것이 문학이 존재하는 여러 이유 중 하나입니다. - 75p

글을 쓰기 시작했다. 페터 비에리의 말처럼

글이라는 서술적인 방식으로 표현하지 않으면 견뎌낼 수 없는 것들이 있었기 때문이다. 견뎌낼 수 없는 것을 쏟아내는 데도 내 글은 건조하기 짝이 없었다. 머리형의 인간에게서 나오는 건조체 말고 가슴을 녹이는 말랑체의 글을 쓰고 싶었다. 먼지가 풀썩이는 내면에 물을 뿌리고 싹을 틔울 푸른 글 말이다. 덕심으로 내 가슴은 따뜻했고 아니 끓어올라 용암이 곧 터질 듯했지만 마음의 휴화산은 여전히 흰 연기만 내뿜으며 트고 갈라져 있었다. 나도 예술이 하고 싶었다. 덕주에게 너무 몰입해서 덕주를 흉내내고 싶었는지도 모른다. 하지만 소란스러운 삶의 방식을 바꿔 고요하게 살아갈 예술을 택한 거라고 우기고 싶다. 어쨌든 잠시 잠깐 예술인을 흉내내는 것으로는 만족이 되지 않았다.

〈거울〉을 듣는다. 거울 속 나를 바라보며 내 안의 나를 찾고자 몸부림친다. "거칠은 손을 내밀며 같이 하자고 말을 하는 넌, 불안한 몸짓으로 난 거울을 보며 나를 찾"는 것은 우리들의 자화상과 같은 거니까, 나도 그들처럼 "조용히 귀를 막은 채 눈을 감으며 춤을 추고" 싶었다. 그런 것이 예술이라고 생각했다. 건조체에서 쉽게 벗어날 수는 없겠지만 흔들리며 춤을 추다 보면 "나를 안고 야속하게도 키스하는" 날이 오지 않을까.

어린 내가 미처 끄집어내지 못한 진짜 나의 길을 발견한 것도 같았다. 항상 무언가를 끄적이던 아이였다. 알 듯 모를 듯한 언어의 배합을 즐겼지만 닿을 것 같지 않은 글의 세계를 망연히 바라보기만 했다. 종이와 잉크 냄새에 대한 집착 때문에 어려서는 도서관을, 커서는 서점과 출판사 근처를 배회했다.

책을 좋아했지만 어린 시절의 나는 책을 읽었다기보다는 책으로 도피했다. 책을 보고 있으면 아무도 나를 건드리지 않는 것, 책을 보고 있으면 자기 탐색을 멈추어도 마치 나만의 세계가 형성된 것 같은 착각을 일으키는 것, 아마 그런 것들이 책이 좋다고 착각하게 했던 것 같다. 해야할 일을 미루고 책 속으로 도망치기를 반복하다가 거꾸로 내가 책에서 도망쳐 나와야 했다.

> ♦ 자기의 이야기를 언어로 옮기려는 목적인데 왜 꼭 이야기를 지어내는 것일까요? 허구의 역설이 있습니다. 자신의 이야기를 하기 위해선 다른 사람의 이야기, 지어낸 이야기를 해야 한다는 것입니다. (중략) 만들어낸 인물들 속으로 깊게 들어갈수록 자신과 더 밀착되는 느낌이 듭니다. 창조적 상상력이 자신과의 친밀감을 만들어주기 때문에 문학적 표현은 매우 강렬한 현재화된 경험을 만들어냅니다. - 76p

도망 나온 그곳에서 무엇을 훔쳐 와야 했던 것인지(〈도둑〉을 들어보라. 가지지 못한 내 것보다 내 것이 아닌 것을 가지려

한 내가 보일 것이다), 본성을 거슬러 어디로 향해 가야 하는지 생각한다(〈미늘〉은 거슬러 올라가야 할 그곳에서 서성이는 나를 떠올리게 한다). 그동안 진짜가 아닌 꼬리에 목메어 살고 있었다는 것(〈꼬리〉를 들으면 내 안에 자라나는 잘라내야 할 것들이 괴성을 지르며 들러붙어 있음을 알 수 있다)을 직면하면서 내 삶이 어느 순간 싱크홀(〈싱크홀〉은 돌연하게 모든 것이 사라질 수 있다고 경고한다)처럼 꺼질 때 나는 무엇이어야 하는지 자꾸 확인한다. 다시 거울 앞에 서서 나를 바라본다. 글로 쓰고서야 머리로 이해했던 것을 정확히, 투명하게 받아들이게 된다.

결혼식장에서였다. 친척 어른이 다른 분들께 언니와 나를 소개하면서 언니에게는 명확한 이름과 직업을 불러주고 나를 소개할 때는 얼버무리는 것을 보았다. 한두 번 겪은 일이 아님에도 그날은 유독 마음에 남았다. 남의 시선이 중요하지 않다고 하지만 인정 욕구라는 것은 그리 간단히 해결되는 것이 아닌 것 같다. 더구나 나 스스로 자존감이 부족함을 느낄 때 그것은 더 이상 미룰 수 없는 인생의 숙제가 될 수밖에 없다. 나의 이름을 되찾기로 했다. 나스스로 떳떳한 나의 이름 말이다.

2장. 덕후로 사는 길

덕주는 "인생은 사막에서의 하룻밤"이라고 했다. 사막 한가운데 선 우리는 오아시스를 찾아 떠난다. 찾을 수 있을지 없을지조차 알 수 없지만 그럼에도 길을 나선다. 만일 오아시스를 찾게 되더라도 거기에 머물지 않고 또 다른 오아시스를 찾아 떠날 것이라고 덕주는 말했다.

내가 작가가 되겠다고 길을 나서는 것이 오아시스를 찾는 길인지는 잘 모르겠다. 하지만 사막에서 가만히 앉아 뜨거워 죽거나 목말라 죽거나 얼어 죽을 수는 없지 않은가. 무엇을 위한 길이든 나설 수밖에 없다. 내게 예술은 그 길 중 하나이다. 사실 나는 인생은 사막에서의 하룻밤처럼 헛되다고 생각했다. 수많은 별 아래 수많은 모랫더미 속 작은 점 같은 인간의 단 하룻밤이라니 얼마나 하잘것없는 시간이냐. 하지만 그 하룻밤이 내게는 천년 같은 하룻밤이 될 것이라는 점을 간과했다. 천년 같은 무게를 조금이나마 덜려면 그저 걸을 수밖에 없는 것이다.

♦ 문학적 글은 음악적 요소를 많이 품고 있습니다. 하나의 글에는 특정한 숨결, 특정한 리듬, 하나의 멜로디가 있습니다. - 84p

2019년 동아일보 신춘문예 시나리오 부문에서 당선된 고지애 씨는 국카스텐 팬이다. 당선작의 제목도 국카스텐 팬이라면 잘 알고 있는 표현 〈알아서 할게요〉이며, 수상소감에서도 국카스텐에게 이 영광을 바친다고 밝혔다. 내가 너무나 하고 싶었던 장면이 연출된 것이다. 언젠가는 나도 이런 말을 할 수 있게 되기를 기대하고 고대한다.

서두르지는 말자고 다독인다. 과정을 즐기자고 결과물보다 더 값진 것이 과정에서의 즐거움이라고 덕주가 수없이 말해주었으므로. 그런데도 나는 서둘러댔다. 공연을 앞두고 덕주를 만나려면 나도 덕주처럼 열심히 살다 온 흔적이 있어야 할 것 같았다. 독립출판으로 그림책을 만들었다. 역시 서툴렀다. 내 글과 그림으로 나만의 리듬과 하나의 멜로디를 담기에는 턱없이 부족했다.

escape velocity. 탈출 속도. 지난 국카스텐 공연의 주제였다. 대기권을 벗어나기 위해 현재의 운동 에너지에 0.000000…1m/sec만큼의 힘만 가하면 되는 최소 속도를 말한다고 덕주는 설명했다(과학적으로 맞는 것인지는 잘 모르겠지만 그게 중요한 게 아니니까 상관없다). 그러니까 그들이 우리에게 0.00000000…1의 힘이 되어주겠다는 얘기였다. 내게 그 말은 99.9999999999…9의 힘으로 느껴졌다. 덕주가 밀어주니 곧 하나의 멜로디가 담긴 글을 쓸 수 있을 것이다.

다시, 내 안에 고인 음악에 귀를 기울인다. 사람은 누구나 자기만의 음악이 있다고 하지 않는가.

> ♦ 문학적 글은 그 글이 가지는 멜로디가 주제, 다시 말해 표현하려고 하는 경험과 정확히 일치할 때 성공합니다. - 86p

허락된 지평선

♦ 문학적 이야기는 인간의 행위를 지나치게 단순하고 일차원적인 것으로 설명하려는 시도에 맞서는 싸움입니다. 이런 의미에서도 정확성이 문학적 이해를 재는 척도가 되는 것입니다. - 74p

뉴욕 현대미술관에서 고흐의 〈별이 빛나는 밤〉을 본 적이 있다. 미국 사는 언니가 뉴욕 시내를 구경시켜준다기에 별생각 없이 쫓아갔다가 만난 것이다. 사람들이 몰려 있는 걸 보고 왜 저기만 저렇게 사람이 많을까, 궁금해서 다가갔다. 거기에 〈별이 빛나는 밤〉이 있었다.

별이 쏟아지는 하늘을 본 적이 있는가. 자전의 움직임을 두 눈으로 목도하게 되는 거대한 소용돌이를. 내가 우주적 존재임을 분명히 자각하게 되는 밤하늘의 깊은 무게감을. 어린 시절 시골 할머니 집에서 봤던 밤하늘은 그 자리에 주저앉아 엉엉 울고 싶을 정도로 무서웠다. 할머니 품속으로 파고들면서도 눈을 뗄 수 없어 목이 아프도록 밤하늘을 올려다보았다. 우주에 대한, 자연에 대한 짙은 경외감을 처음 느껴본 순간이었다.

그림에는 그 밤하늘이 그대로 살아 움직였다. 입을 떡 벌리고 그 어지러움을 고스란히 받아들였다. 주저앉지 않기 위해 다리에 힘을 단단히 주면서 보고 또 봤다. 사람들이 계속 몰려들었다. 이제 비켜주어야 할 텐데, 생각은 했지만 발이 떨어지지 않았다.

포스터라도 사서 이 느낌을 기억하고 싶었다. 기념품점에 가서 포스터를 보고는 그대로 내려놨다. 원화의 느낌이 단 1도 담겨있지 않았다. 그림이, 원화가 주는 마력이라는 것이 이런 것이로구나, 그때 처음 느꼈다.

예술 작품이라면 보는 순간 '이게 뭐지?'라는 충격적 의문을 불러일으켜야 한다. 동시에 극단의 아름다움에 대해 감탄 정도가 아니라 탄식이 터져 나와야 한다. 단 한 번이지만 예술 작품이 주는 충격이 무엇인지 제대로 깨달은 계기가 되었다.

예술적 상상이란 인간이 가진 한계를 넘기 위한 본능적

인 행동양식일지도 모른다. 익숙한 것들을 비틀어놓아 블랙홀로 빠져들어 갔다가 다른 세상의 구멍으로 나오게 하는 것이다. 그렇게 뛰어난 예술은 인류에게 선각적인 영감을 주며 인류는 또 한 걸음 나아가게 된다.

덕질은 어쩌면 단순하고 직관적이다. 예술에 반응하는 일차원적인 감정일 뿐일지도 모른다. 하지만 그 감정은 무엇보다 복합적인 결과물을 만들어낸다. 태초에 인간은 살아남기 위한 일차원적인 본능으로 살았지만 살아남는 것과는 상관없어 보이는 벽화를 그렸고 그릇에 질감을 살렸으며 돌탑을 깎았다. 소설《임꺽정》을 보면 민초들은 쓸데없이 짚신을 기막히게 잘 꼬았고 파리를 한 방에 잡았으며 천릿길을 한달음에 달렸다. 연봉에 매여 살아남아야 하고 가족도 먹여 살려야 하는 현대인들로서는 참으로 쓸데없는 짓에 생존을 걸고 살았던 셈이다. 하지만 현대인들은 바로 그러하기 때문에 덕질을 한다. 삶 속에는 할 수 있는 쓸데없는 짓이 없어서 인간의 정신에서 일어나는 복합적인 감정을 쏟아낼 대상을 스스로 만들어내는 것이다. 그래야 사는 거니까.

공동체가 사라지면서 관계가 필요한 현대인들은 온라

인 네트워크로 관계를 만들어냈다. 각자에게 의미 있는 작고 소중한 것에 공감해주는 누군가를 랜선 속에서 발견하고 엮어낸다. 목적도 없는 길 위에서 신명 나게 논다. 가르치는 사람이 없어도 각자 곱씹어가며 터득한 놀이를 소셜 네트워크에 아낌없이 펼쳐놓는다. 반복되는 일상을 벗어나 사이버 세계에서 배움을 터득한다. 놀이가 곧 배움이고 현실을 헤쳐 나갈 유일한 탈출구라는 것을 체득하는 것이다.

공연가는 날, 아침에 길을 나서는 내게 남편이 몇 시 공연이냐고 물었다. "저녁 7시."

공연이 7시여도 우리는 서둘러 간다. 다 같이 모이자고, 무언가를 하자고 정한 건 아니지만 각자 흩어져 각자의 방식으로 논다. 내가 좋아하는 사진이나 스티커를 여기저기 감추어놓고 그것을 함께 좋아해 줄 누군가가 찾아오기를 기다린다. 귀여운 가면을 쓰고 달콤한 간식을 나눠주며 분위기를 띄운다. 그런 준비를 하지 않은 사람들은 그저 그들의 놀이를 지켜보고 온라인으로 맞장구치고 같이 즐거워하면 된다. 아무도 시키지 않은 일을 아무 대가 없이 하면서 서로를 응원한다.

2장. 덕후로 사는 길

만일 그곳에 아무것도 없더라도 우리는 상관없었을 것이다. 어린 왕자를 기다리는 여우처럼 기다리는 시간조차 행복하니까. 온전히 달뜬 기대와 설렘으로 보내는 시간은 조금도 아깝지 않다.

> ♦ 문학적 이야기의 정신은 복합성의 정신입니다. 흥미로운 이야기는 등장인물들을 통해 인간이 얼마나 다층적 존재인지, 표면을 덮고 있는 이성에 얼마나 자주 구멍이 뚫리는지, 감정적 정체성이 얼마나 깨지기 쉬운지를 우리에게 보여줍니다. - 72~73p

소설 《리스본행 야간열차》는 인간이 얼마나 복합적이고 다층적인지 입체적으로 보여준다. 주인공 라이문트 그레고리우스는 어느 날 갑자기 지금까지의 안정된 삶을 접고 리스본행 열차를 타는 일탈을 감행한다. 나도 어느 날 갑자기 덕질 여행을 시작하게 되었다. 그레고리우스가 책 속의 아마데우 프라두의 사유를 쫓는 것처럼 나도 음악 속 덕주의 사유를 찾아 헤매었다. 그레고리우스가 여행을 떠나고서야 자기 자신을 찾는 여정이 시작되었던 것처럼 나도 덕질이 시작되고서야 이것이 나를 찾는 여정이었다는 것을 알게 되었다.

인생을 바꾸는 결정적 순간, 그동안의 내 모습이 아닌 완전히 다른 삶을 선택하는 순간을 철학적으로 사유하려고 애쓴다. 여전히 모르는 나 자신의 깊이, 인생의 깊이를 존중하는 것만이 내가 할 수 있는 일임을 깨닫는다.

가끔 생각지도 않은 곳에서 생각지도 못한 국덕의 향기가 툭툭 튀어나올 때가 있다. 예를 들면 이타카라는 향수, 국카스텐 셰이크라는 음악게임(지금은 없어졌다), 디저트 카페 토들, 하현우 보컬 분석을 유튜브에 올리는 보컬 강사 등이 그렇다. 모두 국덕이다. 40대 덕친만 해도 하현우의 성실한 모습에 용기를 내어 대학원에 진학하고 지금은 원장이 되었다. 또 누군가는 영상을 전혀 다룰 줄 몰랐는데 국카스텐 영상을 만지다가 영상 편집 강사가 되었다고 한다. 자신의 직업 속에 국덕이라는 정체성을 담아낸다. 국카스텐을 앎으로써 그것이 곧 길이 된다.

> ♦ 흥미로운 이야기는 우리로 하여금 이해의 지평선을 넓히지 않을 수 없게 만든다는 것을 보여주는 예이기 때문입니다. - 71p

언젠가 가수 조용필 님의 팬들에 대한 기획 다큐멘터리를 본 적이 있다. 팬들은 자신이 조용필 님에게 빠져든 사연을 이야기하고 있었다. 가족이 아팠을 때, 사업에 어려움이 생겼을 때, 누군가와의 갈등으로 주저앉았을 때 그의 노래가 손을 내밀었고 일으켰고 나아가게 했다고 눈물을 흘리며 말했다. 사연 없는 사람이 어디 있으랴. 그 노래가 사연과 함께한 것이 아니라 그들이 노래와 함께한 것인데, 그들은 조용필 님에게 위로를 받았다고 울고 웃는다.

SNS에서 이런 글을 봤다. 인간은 예술과 멀어지면 작은 일에도 훨씬 크게 좌절한다고, 행복을 느낄 촉수가 사라지는 것이라고. 그래서 우리는 마음이 무너지는 순간 살기 위해 예술을 끌어안는 것이다. 웃음을 주고 기쁨을 주는 것, 내 처지와 무관하게 지금 이 순간 행복을 느끼는 곳으로 힘껏 도망치는 것이다. 예술에 기대어 조금 쉬고 나면 다시 자신의 삶으로 돌아가는 문이 열리곤 한다.

그들은 왜 조용필 님이었고, 나는 왜 국카스텐이었을까. 우리는 알 수가 없다. 우연을 통한 것은 신의 영역일 것이다. 다만 우리는 자신의 지평선이 넓어지고 있음을 발견하면 된다. 때로는 내 길의 끝이라고 여겨졌던 지평

선이 뒤로 훌쩍 물러나 있다. 감사하고 다시 살아내는 일
이 우리의 일이다.

내 삶의 진군가

♦ 자연과학의 언어와 일상 심리의 언어에서 존재하는 여러 가지 설명법들은 이해를 위한 다양한 필터이고 우리는 이 필터를 통해 여러 방식으로 세계를 관찰하며 다양한 관심을 기반으로 세계를 창조합니다.
- 61p

국카스텐은 독일어로 '중국식 만화경'을 뜻한다. 만화경을 들여다보면 알록달록한 색깔이 형형색색으로 빛난다. 그것처럼 아날로그함 속에 숨어있는 사이키델릭한 영상과 같은 음악이 국카스텐이 추구하는 음악이다.

한 겹 한 겹 선명한 소리가 마치 색상표를 들춰보는 것처럼 다채롭게 들려온다. "인간 행위에 담긴 의미와 합리성을 이해하기" 위해서 그에 맞는 다양한 필터를 갖추고 있다고나 할까. 온갖 다양한 필터를 던져주어도 찰떡같이 이해하고 받아들이는 것이 덕후의 본성이다.

한 가지를 깊이 이해하고 나면 우주의 이치도 알게 된다고 하는데 내게 국카스텐은 그 하나로 선택되었고 다행히 그 필터는 내게 딱 맞았다. 아직 이치를 이해한 것은 아니지만.

국카스텐 음악은 오로지 자기 탐색을 소재로 한다. 선과 악의 경계, 도덕과 사회적 관습을 의심하고 탐구해서 자신만의 시각을 만들어가는 과정을 음악으로 형상화한다. 1집 국카스텐은 모두 내면세계를 살피는 내용이다.

〈거울〉은 에고, 〈림보〉는 경계, 〈싱크홀〉은 불안, 〈꼬리〉는 혐오, 〈파우스트〉는 욕망, 〈비트리올〉은 존재감에 대한 노래라고 할 수 있는데 이들 모두 인간의 심연에서 길어 올린 것들이다. 마지막 트랙 〈토들〉은 그럼에도 타박타박 걸어가는 불완전한 존재를 위로하는 희망의 노래이다.

신에게 질문하는 듯한 1집과 달리 2집 '프레임'은 스스로 진리를 찾아 세상에 나선 듯하다. 운명을 대하는 인간의 의지를 말하는 〈오이디푸스〉, 숙명에 대한 측은함이

묻어나는 〈저글링〉, 자유의지를 맘껏 드러내는 〈변신〉, 낯선 것에 새로운 생명을 불어넣는 〈프레임〉, 그리고 그 어떤 고난도 이겨내겠다는 다짐의 〈스크래치〉와 열정의 〈푸에고〉 등이 그러하다.

짐짓 비장하지만 천진난만한 아이의 품성도 잃지 않는다. "살아난 그림으로 변신, 철없는 낙서들로 변신, 산 채로 잡은 시로 변신, 어디든 쓰고 지워 변신"(〈변신〉)해서 가볍게 뛰어넘자고 제안하고 "도망갈 수 없어, 이 궤적 밖으로. 팔다리가 바뀐 낯 뜨거운 고난을 도저히 멈출 수가 없네."(〈저글링〉)처럼 무거운 가사에 오히려 힘찬 멜로디를 가져다 놓아 편하게 받아들일 수 있게 한다.

1집에서 거울을 보던 아이는 2집에서 변신놀이를 하고 이제 "진짜로 보이는 더 진짜 같은 가짜들을 찾았다."(〈사냥〉)며 경계해야 할 것을 아는 어른이 되었다. 그들의 음악 세계를 따라 나도 거울을 보았고 변신을 시도했고 이제는 내 먹잇감을 찾아 사냥을 떠난다. 제대로 내 먹잇감을 잡을 수 있을지 또는 먹잇감이 되어버릴지 아직 모르지만 일단 끈질기게 숨통을 조일 생각이다.

국카스텐의 곡들은 굉장히 색깔이 뚜렷하기 때문에 정

체성을 유지하면서도 새로운 차원의 신곡을 낸다는 것은 참으로 고난의 길일 것이다. 그런데도 지금까지 그들은 이전의 틀에 갇히지 않으면서 또다시 관점을 확장한 곡을 내놓고 있다. 데뷔 13년 차라는 시간과 비교해 앨범이 적은 것은 그들이 오로지 자기 탐색 속에서 자신들이 경험하고 성찰한 것만을 음악적으로 승화하기 때문이다. 그만큼 고갱이만을 골라내려고 노력한다는 것을 방증한다.

하지만 이는 모두 개인적인 해석일 뿐이다. 국카스텐 음악은 다양한 해석이 가능하도록 가사에 비유와 상징이 많고 중의적으로 표현되어 있다. 본인들이 아니면 그 뜻이 정확히 무엇이라고 말하기 어렵다. 사실 국카스텐의 음악을 하나의 단어로 표현하는 것 자체가 무리다. 하지만 음악이 세상 밖으로 나온 순간부터는 뮤지션의 의지와 상관없이 듣는 이의 몫이니까 덕후된 자로서 덕주가 말한 음악적 설명에 기대어 나름의 해석을 해본 것이다.

항상 듣던 음악도 어느 순간 생각지도 못한 새로운 소리가 들리고 또 다른 해석의 지점이 발견되기도 하는데 덕후의 기쁨은 여기에 있다고 해도 과언이 아닐 것이다. 덕후로 산다는 것은 어쩌면 커다란 자루에 마구 뒤섞인 수많은 조각 중에서 덕주의 퍼즐 조각을 찾아 이어붙이는 일이 아닐까. 기어이 그 숨겨진 조각들을 찾아내고 맞추어내는 덕후이고 싶다.

> ♦ 교양인은 책을 읽은 후에 변화하는 사람입니다.
> - 26p

또한 덕후로 산다는 것은 한순간도 마음을 놓을 수 없다는 것을 뜻한다. 언제 덕주의 떡밥이 떨어질지 모르고 언제 어떤 상태로 변신해야 할지 아무도 모르기 때문이다. 모든 것은 덕주의 떡밥을 보는 순간 결정된다. 덕후가 되어 어떤 점이 가장 좋으냐고 묻는다면 다음 인생이 궁금해진 것이라고 답하겠다. 건강하게 오래오래 살아남아야 한다.

아, 국카스텐 멤버들이 교양인으로서 끊임없는 자기 탐구와 사유 속에서 음악을 만들어낼 때 한 마리 덕후는 그 것을 만든 자의 아우라와 그 깊이를 좋아하고만 있다. 그럼에도 그들의 음악은 내 삶의 진군가다.

사노 요코는 《죽는 게 뭐라고》에서 덕질을 '허구의 화사함'이라고 표현했다. 덕주의 연애 소식이 기특해서 엉덩이를 두드려주고 싶은 엄마 마음과 공연 중 땀에 젖은

셔츠를 남몰래 들여다보는 허구의 화사함을 마음껏 느껴
보는 게 어때서. 허구인 것을 알고 힘껏 화사하게 살아보
는 것이다. 어차피 통합된 인격체란 없지 않은가. 인생에
는 봄날의 부드러운 바람을 느끼는 시간도 필요하지만 사
막에 홀로 남겨져 별빛이 쏟아져 내리는 순간을 맞이하
는 시간도 필요하다. 다중의 정체성을 모아 나 자신을 만
들어가는 것이다. 평행우주 속에서 로커로 살아가고 있
는 내가 미세먼지만 한 선한 영향력을 뿌리고 있을지 누
가 아는가.

라이브 무대에서 발화(發火)하는 그들처럼 덕후는 삶
이라는 라이브 무대에서 발화하기 위해 발악한다. 푸코
가 말했다던가. 어떻게 행동할 것인가의 문제는 쾌락, 즉
놀이를 어떻게 창조, 발명할 것인가의 문제로 재파악된
다고. 허구의 놀이이며 화사한 행동양식은 삶에서 재구
성된다.

〈미스터 트롯〉 프로그램이 가요계와 덕질계에 새로운
문화적 지형을 만들어내고 있다는 소식이 뉴스에서 나온
다. 트로트라는 장르적 한계에도 불구하고 젊은 덕후들이
대거 합류하여 2060의 대화합이 이루어지고 있다. 트로트

의 갑작스러운 열풍이 무엇 때문인지, 과연 덕질은 더 나은 세상으로 우리를 인도할 것인지 내다볼 혜안이 내게는 없다. 하지만 그들에 대한 환호가 기실 그 발원지가 오로지 자신이었다는 사실을 잊지 않는다면 교양인으로서 품격에 어긋남이 없을 것이다.

> ◆ 나라는 존재는 내 정신적 활동 그 자체입니다.
> - 34p

하현우는 자신을 녹슨 칼에 비유했다. "나를 지키기 위해 세상을 향해 드는 무기인데 나만큼 어설플 것 같다. 그다지 위협적이지 못하지만 그래도 계속 휘둘러야 한다." 교양인으로 산다는 것은, 그러니까 덕후로 산다는 것은 세상을 향해 녹슨 칼을 계속 휘두르는 나를 응원하는 것이다.

초보 덕후 가이드

모태 덕후의 입장에서 보면 나도 초보 덕후지만 열렬한 덕질로 농축된 덕질을 했으니 몇 가지 노하우를 나눠보고자 완전 초초초보 덕후를 위한 가이드를 써본다.

1. 무조건 무조건이야

우리는 공식적인 팬카페가 없다. 포털 사이트나 밴드 등에서 만들어진 커뮤니티가 자체적으로 활동한다. 각 커뮤니티에 따라 분위기가 아주 달라서 왕성하게 오프라인 모임도 하고 회원을 챙기는 곳이 있는가 하면 굳이 사적인 만남을 하지 않는 곳도 있다. 어디에도 가입하지 않고 독야청청하는 사람들도 꽤 많다. 덕질 대상에 따라 조금씩 다르겠지만 소속사가 있는 경우 대부분은 공식 팬카페가 있는 것 같다. 아이돌이나 요즘 인기가 높아지고 있는 트로트 가수 팬카페는 오프라인에서도 적극적으로 만나는 분위기다. 여러 가수가 한꺼번에 나오는 행사가 있을 때면 팬들이 모여 세를 과시하기도 한다. 외향적이고 사람 만나기를 좋아하는 이들에게는 더없이 좋은 자리일 것이다. 하지만 낯을 가리는 초보 덕후들은 처음에는 물어볼 사람도 없이 애닳는 시간을 보내야 한다. 많은 이벤트가 있고, 뭔가 인증을 해야 하고, 덕주의 선물이 있기도 하고, 그것이 사인 같은 것이라면 꼭 갖고 싶다는 욕심이 나기 때문에 더욱 그렇다. 더구나 안 하던 덕질 때문에 지나치게 스마트한(?) 생활을 하고 있다면 그 죄책감도 클 테니 입덕하면서 느끼는 혼란스러움은 말로 다 할 수 없다.

하지만 덕질 초보가 겪는 마음고생은 어쩌면 당연하다(고 생각하자). 누군가를 새로 만나거나 무언가를 새로 알려면 시간을 투자하고 마음을 써야 한다. 그런데 덕질은 그런 당연한 시간 투자와 마음 씀에 대해 너그럽지 못해서 스트레스를 받는 것이다.

초보 덕후에게 내가 해주고 싶은 첫 번째 이야기는 자신의 욕구를 인정하고 너그러워지면 좋겠다는 것이다. 일정 시간이 지나고 나면 각자의 취향과 성향에 맞춰 자신만의 덕질 방법을 안정적으로 찾게 될 것이다. 만일 자연스럽게 일상과 결합하지 못한다면 아쉽게도 덕질을 지속하지 못하게 된다. 어렵게 찾은 행복의 길을 잃어버리지 않기를 바란다.

그전까지는 무조건 행복하자. 영상만 들여다보다가 안과 신세를 지는 사람, 이어폰 때문에 이비인후과 신세를 지는 사람도 있지만(길~게 덕질한다는 마음으로 그렇게까지 되지는 않아야겠지만) 초보 덕후의 시절은 두 번 오지 않을 소중한 순간이다.

2. 씹고 뜯고 맛보고 즐기고

덕후들은 대체로 뉴비에 대해 너그럽다. 물어보고 또 물어보시라. 생각보다 친절하고 적극적으로 도움을 주실 것이다. 어찌나 서로 알려주려고 하는지 그야말로 집단지성의 현장을 보는 것 같다. 만일 내가 속한 커뮤니티가 그렇지 못하다면 얼른 그들을 떠나 다른 커뮤니티를 만나시라. 어느 팬덤이든 좋은 사람도 있고 불편한 사람도 있다. 내게 맞는 사람을 찾아 여기저기 문을 두드려 보면 좋겠다. 나는 처음에 들어간 팬카페가 공식 팬카페인 줄 알고 그곳에서 모든 것을 해결했다. 다행히 내 성향에는 맞았지만 그래도 초기에 다양하게 접할 기회를 놓친 것이 아쉽다.

뭐든지 시도하고 도전해보자. 지금 생각하면 너무 떠먹여 주는 것만 받아먹었다. 좀 더 검색도 해보고 안 해본 것들을 시도했다면 지금보다 덕력(덕질 능력)도 높아졌을 것 같다. 예를 들면 움짤(움직이는 사진이나 영상)이나 영상이 그러했다. 사진도 못 찍는 똥손이라 영상은 엄두도 못 냈다. 금손 님들의 영상이 훨씬 훌륭하니 그걸 보는 것만으로도 충분히 만족했다. 그래도 움짤 정도는 만들 수 있었을 텐데 어플 사용하는 것조차 겁을 먹었다. 떨어지는 움짤만 줍줍(줍는다는 표현)하며 다녔다. 배워서 손해날 게 없다는 말은 덕질 세계에서 극대화된다.

덕질은 평소의 나라면 절대 하지 않을 것들을 경험할 수 있는 세계다. 현세의 내가 아닌 또 다른 나로 탈바꿈할 기회이기도 하다. 하던 대로 살지 말고 하고 싶은 대로 살자. 내가 한 번도 해보지 못한 일, 내가 가장 못 하는 일에 도전해보는 것도 나쁘지 않다. 아마도 많은 이들이 그렇게 금손으로 거듭나지 않았을까. 내 40대 덕후는 옷을 리폼하고 캘리그라피를 배워서 다른 분야에 재능기부까지 한다. 바쁜 현세가 발목을 잡거들랑 발목을 잘라버려라(나 쫌 과격한가? 하지만 그런 각오로).

3. 그 누구도 아닌 나

덕질은 내가 하는 것이다. 나에게 묻고 내가 대답할 수 있어야 한다. 국카스텐의 가사를 보면 너와 나, 1인칭과 2인칭뿐이다. 3인칭이 없다. 2인칭인 너도 내 안의 나다. 다른 누구도 아닌 나를 위한 덕질이어야 한다. 덕주도 나를 위해 존재한다.

나에 의한 덕질이어야 한다. 내 안에서 기인하는 어떠한 동기가 나를 덕후로 만들고 절실하게 만든 것이다. 덕주에 의해 덕후가 된 것이 아님을 명심하자. 물론 '대상이 하현우라면 덕질하지 않기 어렵지'라는 자부심은 가져도 좋지만 그 또한 나의 자부심이다. 덕질하면서 더 좋은 사람들을 만나고 더 평온해지고 더 나은 사람이 되어가고 있음을 느낀다. 그것은 내가 만들어온 것이다. 나의 일상, 나의 태도, 나의 마음가짐이 만들어낸 결과이다.

덕후는 덕을 쌓게 된다. 덕은 돌고 돈다(덕 쌓은 자에게는 못 구한 티켓도 굴러들어온다). 도대체 이게 무엇인가 하는 감정의 소용돌이에 휘말릴 때마다 (너무 좋아서 또는 너무 하잘것없어서) 내 안에서 일어나고 있는 것을 들여다보고 다스리고 구제하는 덕력을 키워나가야 한다.

덕후들이 카메라를 사고 굿즈를 사니까 덕질은 돈 있

고 시간 있는 것들이나 하는 짓(!)이라는 편견이 있다. 후배가 가난한 유학 시절을 보냈는데 그 와중에 작은 인형을 모으는 취미가 있다는 이야기를 건너 들었다. 부유한 어린 시절을 보낸 사람은 아무리 가난해져도 취미라는 걸 가지고 사는구나 냉소적으로 바라봤었다. 그만큼 나에게 여유를 주지 않고 살았다는 사실을 덕후가 된 이후에 알았다. 그 말은 동시에 취미가 없어도 될 만큼 내가 살 만했다는 것이다. 덕질은 돈이 있어서 하는 게 아니라 다른 것을 줄이고 줄여서라도 할 만큼 간절한 것이다. 주변의 시선이 어떠하든 그 누구도 아닌 나를 위한 덕질이 되길!

4. 나에 대한 신뢰

서태지를 좋아하는 선배가 있다. 어릴 때는 돈이 없어서 공연을 못 봤고 살 만하니 서태지가 잠적해서 나타나질 않았다. 그러다 컴백했을 때 선배는 만사를 제치고 공연장에 갔다. 그런데 도저히 좌석에 앉지 못하겠더란다. 뒤쪽 입구에 기대어 서서 서태지를 보았는데 마음은 뛰고 있지만 팔짱 낀 손은 끝까지 풀지 못했다고 한다. 듣는 내가 안타까워서 팔을 막 쳐들고 흔들어댔다. 하지만 나도 그랬다. 처음 국카스텐 공연에 가서 노래를 따라 부르는 것도 어색하고 내 몸을 어찌해야 할지 몰라 모자만 눌러 써댔다. 어느 순간 나를 해방하는 때가 반드시 온다. 자신을 믿고 그때를 기다리자. 그때가 오면 마음껏 해방 해주자.

그리고 이때부터는 덕밍아웃을 해도 좋다. 그 이전에 덕밍아웃을 하면 자기검열도 이겨내지 못하는 상태에서 남들의 시선까지 감당해야 하니 버겁다. 내가 나를 해방 하고 나면 남의 시선도 즐길 수 있다.

5. 슬기로운 덕질생활

덕주가 연애한다는 뉴스가 나왔을 때 "언니 괜찮아?" 라는 전화를 수십 통 받았다. 그런 감정이 아니라고 아무 리 이야기해도 소용없다. 한 덕친의 남편은 뉴스를 보는 자신을 걱정스러운 눈빛으로 쳐다보더란다. 덕주의 연애 를 기뻐하는 자신의 모습을 보고서야 남편이 안도하고 어 깨를 펴는 것을 보면서 우습기도 하고 괜히 안쓰러운 마 음이 들었단다. 덕주의 연애를 속상해하는 덕후도 당연 히 있다. 그렇다고 그 마음이 잘못인 것도 아니고 이상할 것도 없다. 알 수 없는 것이 덕심이다.

음악대장 시절, 많은 사람이 정신을 못 차리고 빠져들

었다. 가정에 분란이 일어나는 사람도 봤고 생활이 어려운데도 공연비를 우선하는 사람도 봤다. 사생팬이 되어 덕주에게 지나치게 다가서서 같은 덕후가 봐도 걱정이 되는 사람도 있었다. 결국 모두 떨어져 나갔다. 지속할 수 없기 때문이다. 정말 좋다면 더 천천히 더 오래 즐길 수 있는 자신만의 방법을 찾아야 한다. 덕업일치를 최고로 치는 이유가 바로 이 때문이다.

어느 학생 팬은 평소 학업 스트레스를 풀 방법을 찾지 못했는데 영상을 보면서 스트레스를 풀었다고 한다. 스트레스를 푼다는 적당한 이유를 가지는 것도 현명한 방법이라 생각된다. 물론 모든 덕후가 나와 같지는 않을 것이다. 지나치게 의미를 부여하는 것일 수도 있다.

하지만 가끔은 멀리 등대가 비추는 그곳을 향해 가고 있는지, 아니면 주변의 요란한 불빛에 그저 마음이 들뜬 건지 구분하는 시간을 가지라고 말하고 싶다. 덕질은 오로지 자신만이 아는 영역이기 때문에 자신의 참된 마음도 자신만이 안다. 슬기로운 덕질생활을 위하여 화이팅!

3장

덕후의 덕목

세상을 대하는 태도로서의 덕질

호기심을 가지고 넓게 보고 바르게 판단하기

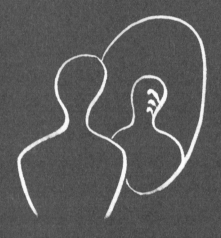

교양인이라면 세상에 대하여 호기심을 가지고 무엇인가를 알고, 어째서 그런지 이해하고, 자신이 더 깊게 배울 것이 세상 안에서 어떤 비율적 관계를 맺는지, 정확히 어떤 역할과 의미로 쓰일지를 알아야 한다고 페터 비에리는 말한다. 나는 이를 넓게 보고 바르게 판단하는 태도라고 '이해하기로' 했다.

태도란 '사람이 선 자리'이다. 국카스텐, 그들이 하고자 했던 음악을 지속하는 것. 이것이 그들이 선 자리이다. 대한민국 최고의 보컬로 자리 잡은 것도 그들의 선 자리이지만 그보다 중요한 것은 최고가 되었다고 해서 돈이나 명예를 좇거나 음악적 지향을 바꾸지 않고 '하던 대로' 묵묵히 자신의 길을 걷는 것이다. 그들이 세상을 대하는 태도를 볼 수 있는 대목이다.

국카스텐은 하현우가 리더이다. 거의 맹목적일 만큼 다른 멤버들은 리더의 결정에 복종한다. 오랜 시간 동안 함께해오면서 그들 나름대로 정한 관계성이며 규칙인데 멤버들도 만족하(다고 알고 있)고 보는 팬들도 그럴 만하다고 여기는 부분이 있다(믿고 따를 리더가 있다는 것은 정말 복 받은 거라고 생각한다).

리더라는 말보다 주군이라는 표현을 좋아하는데 나도 주군이 있기를 간절히 바란 적이 있다. 무조건적인 충성을 하고 싶어서가 아니라 그만큼 두터운 신뢰 관계를 갖고 싶은 것이다. 그런 점에서 더욱 이들의 관계가 부럽다.

멤버들은 하현우의 판단력을 전적으로 믿는다(고 알고 있다). 누구보다 그들이 정한 프로젝트, 즉 국카스텐이라는 밴드를 완성도 있고 뚝심 있게 끌고 갈 수 있는 사람은 하현우라고 믿는 것이다.

잠시 멤버 소개를 하겠다. 기타리스트 전규호 님은 스무 살 무렵 그들이 처음 만났을 때부터 완성된 최고 중의 최고였으며 특히 이펙터를 활용해 다양한 소리를 내는 것으로는 타의 추종을 불허한다. 베이시스트 김기범은 학교를 졸업하자마자 김경호 밴드에 들어갈 만큼 타고난 실력파이며 고등학생 때 그의 퍼포먼스를 보고 하현우가 탐냈을 정도로 라이브에서 열정적이다. 드러머 이정길은 다른 말이 필요 없다. 국카스텐의 드러머. 음악적 감각이 뛰어나 독보적인 드럼 라인을 만들어냈으며 드럼 치는 퍼포먼스가 드럼 소리만큼 현란하다. 각자의 분야에서 이토록 뛰어난 이들이 국카스텐에 관해서라면 하현우에게 모든 것을 맡기고 전폭적으로 지지하는 것이다.

그들이 대중음악의 추세나 유행을 모를 것으로 생각하지 않는다. 처음 밴드를 시작할 때부터 밴드음악의 어려움과 국내에서의 한계를 알았을 것이다. 밴드는 조금 유행이 지난 옛날 음악이라는 인식까지 있다. 그런데도 밴드 음악이 가진 가치를 누구보다 잘 알고 좋아하기 때문에 시작했다. 여기에 시대와 공간을 초월한 주제, 자아 정체성에 관한 음악을 하기로 마음먹은 것이다. 그것이 자신들을 가장 만족스럽게 하고 자신이 만족해야 좋은 음악이 나오고 음악에 모든 것을 거는 의미가 있는 거니까.

팬들도 그들의 신념을 잘 안다. 국카스텐만이 가진 색깔을 사랑하고 그 음악만이 주는 카타르시스가 있기 때문에 그들이 그 신념을 지켜가길 바란다. 팬들의 고집 있는 애정은 어쩌면 팬 자신들의 삶에서 나오는 것일지도 모르겠다.

모든 팬을 알 수는 없으니 내 덕친들만 보자면, 그들은 누구보다 자신의 선 자리를 잘 알고 지켜가는 사람들이다. 이들은 대부분 나처럼 처음 덕질을 하게 된 사람들이다. 그동안 회사원이자 주부이자 누군가의 딸로 한눈팔지 않고 살아오다가 어느 날 갑자기 자신의 감정을 돌볼 필요가 있음을 느끼게 되었다. 그것이 국카스텐을 애정하고 그들의 공연을 보는 순간이라는 것을 알게 되고 그런 자신의 변화를 순순히 받아들인다. 또한 가족들도 엄마가, 아내가 지금까지와는 다른 모습을 보이는 것에 놀라지만 내 엄마니까, 내 아내니까 그 선택과 과정을 존중하며 지지한다.

당연한 일 같지만 스스로 삶의 변화를 받아들이는 것이나 가족의 변화를 받아들이는 것은 쉬운 일이 아니다. 우리 모두 사람에 대해 고정관념이 있기 때문이다. 아주 작은 취향의 변화에도 "왜 그래? 안 그랬잖아."라고 쉽게 말하곤 한다. 하지만 누구나 변한다. 변할 수 있다. 우리도 그런 것뿐이다.

변했지만 변하지 않는다. 삶에 임하는 자세는 여전하다. 선 자리 그대로 묵묵히 자신의 길을 간다. 두 언니는 간호사이다. 이번 코로나19가 시작되기 바로 전 국덕 모임을 하기로 약속했었다. 아직 유행이 시작되기 전이었는데도 간호사인 언니들은 환자가 최우선이기 때문에 올 수 없다고 단호히 말했다. 두 언니는 다른 의료진처럼 코로나19를 막아내는 최전방에서 힘든 역할을 해내고 있었지만 농담으로라도 힘들다는 말을 하지 않았다. 우리가 응원과 위로의 말을 건네도 당연히 해야 할 일을 하는 것이고 곧 지나갈 것이라고, 지나고 나면 더 재밌게 놀 수 있을 거라고 오히려 우리를 달랬다. 공연이 시작되면 아마 두 언니는 누구보다 더 행복하게 더 신나게 자신을 뿜어낼 것이다. 우리는 그런 두 언니를 누구보다 응원하고 존경한다. 코로나19라는 재앙 속에서 마지막 보루에 서서 인류를 지켜낸 자들이니까 그럴 자격이 충분하다(그러니 코로나야. 그만 좀 잠잠해져라. 우리 공연 좀 보자⋯).

덕친의 아들은 엄마가 덕후가 된 것을 알고 '이제 우리에게 여유가 생겼구나.' 생각했단다. 어릴 때부터 경제를 책임졌던 엄마, 친정의 빚까지 짊어져야 했던 엄마의 어깨가 이제 조금은 가벼워졌기를 바란다. "아들, 엘피 트는 것 좀 도와줘. 이거부터 누르는 거야?" 아들은 엄마의 버벅거림을 말없이 도와준다.

또 다른 덕친의 딸은 좋아하는 아이돌이 있다. 엄마의 마음이 자신의 마음과 다르지 않음을 충분히 알고 이해해준다. 하지만 공연비가 만만치 않다. 남들은 공연비를 아껴 학원에 보낸다지만 덕후의 딸은 자신의 학원비보다 엄마의 공연비가 때로는 훨씬 가치 있게 쓰인다는 것을 안다. 그래서 엄마의 갈등과 죄의식을 단번에 해결해준다. "이번 달은 나 혼자 공부해보기로 했어. 그게 좋을 거 같아." 엄마는 딸이 허세를 부리는 게 아니라는 걸 잘 안다.

우리는 국카스텐 음악도 좋아하지만 그들의 삶의 태도를 보며 더 충성하게 된다. 선수는 선수를 알아보는 법이니까. 이렇게 말하면 나도 선수가 되는 것인데 앞서 말했지만 나는 선 자리를 많이 바꿨다. 아니, 하던 일을 멈추고 있던 차에 덕후가 되었으니 바꾼 게 아니고 새로 나아갔다고 해도 되지 않을까? (어떻게든 낑겨가고 싶다.)

안 하던 일을 하려면 안 하던 노력을 기울여야 한다는 말을 아주 좋아한다. 나의 선 자리는 덕질을 동력 삼아 안 하던 노력을 기울이는 것이다. 매일 그림 그리기를 3년째 하고 있고 매일 글쓰기를 1년째 하고 있다. 노력이란 남들보다 잘하기 위해 안간힘을 쓰는 게 아니다. 나를 더 적극적으로 돌보고 내가 할 수 있는 일, 내가 하고 싶은 일을 나의 보폭으로 자유롭게 하는 것이다. 덕주의 태도를 따라가면 되었기 때문에 하나도 힘들지 않았다(덕주의 보폭에 조금 좌절은 했지만).

글 쓰는 작가가 되고 싶었다. 글 쓰는 시간이 다른 어떤 일을 할 때보다 세상 속 나를 정확히 내려다볼 수 있어서 좋다. 세상과 자신에 대한 호기심을 잃지 않고 싶다. 그런데 덕후로서 내가 좋아하는 국카스텐 덕질생활에 대한 글을 쓰게 되었으니 이보다 성공한 덕후가 어디 있겠는가.

특히 그림책 작가를 꿈꾼다. 그림책은 다른 장르와 달리 아름답게 마무리되기 때문이다. 그림책은 어린이들에게 내가 사는 세상을 안심하고 받아들이게 하는 속성이 있다. 그러니 아무리 세상의 고약한 이야기를 다룬다고 해도 마무리는 따뜻하게 끝난다. 그림책이 아니라면 나는 세상의 아름다움에 대해 말할 자신이 없다. 나는 아름다운 것을 읽고 보고 만들며 살아가고 싶다.

공연이 끝나고 멤버들이 팬들에게 직접 쓴 엽서를 나눠준 적이 있다. 그곳에는 이렇게 쓰여 있었다.

"당신이 나의 거울입니다."

그들에게 거울은 1집 타이틀곡이며, 국카스텐이라는 밴드의 정체성이다. 그래서 하현우는 거울 악보의 첫 부분을 몸에 새겼다. 덕후로서 그들의 거울이 되려면 그들 앞에 누가 되지 않게 살아야 하지 않겠는가.

덧. 세상을 대하는 태도로서 가장 중요하다고 생각하는 것 하나를 더 추가하려고 한다. 덕후가 된 후 알게 된 중요한 가치이다. 바로 위트를 잃지 않는 것이다. 억지로라도 위트를 던지려면 절망 끝에 붙은 지푸라기라도 뒤집어써야 한다. 웃는 것 말고 웃기는 것 말이다. 돌부처처럼 서 있기만 해도 웃음이 절로 나오는 덕주가 우리를 웃기기 위해 애쓴다. 귀엽기 위해 귀여운 짓을 남발한다. 그런데 아무것도 아닌 내가 뭐라고 웃기지 않고 점잔을 빼는가 말이다. 매일 글을 쓰면서 '어떤 가치 있는 이야기를 할까' 생각하기보다 '어떻게 웃겨줄까'를 고민한다(여기까지 읽었는데 별로 못 웃으셨다면 죄송합니다…. 웃겨드리도록 더 노력하겠습니다).

표현으로서의 덕질

아는 만큼 변화하기

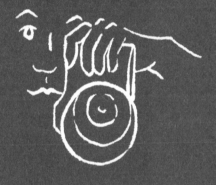

국카스텐 공연을 많이 다녔다고 하면 사람들
은 "하현우가 너 알아?"라고 묻는다. 그가 어떻게 나를 알
겠는가. 나도 그를 가까이서 본 것이 딱 두 번뿐인데.

처음 덕주를 영접한 것은 2016년도 춘천밴드 페스티
벌, 그러니까 내가 처음으로 그들의 공연을 봤던 날이다.
나를 그곳에 가게 한 것은 오로지 질투심이었다. 공연 후
기를 볼 때마다 나도 가볼까를 망설이던 중에 어느 팬이
쓴 글을 보고 눈에 불이 확 켜졌다. 지방 중에서도 오지
인 어느 곳에서 초대공연이 있었는데 나이 지긋한 이분
이 '내가 당신을 보러 여기까지 왔다, 악수 한 번만 해달
라'고 덕주에게 적극적으로 다가섰다고 한다. 그리고 그
의 손을 잡아봤다는 것이다(손을 잡다니! 덕주가 기타로 손을
대신하여 내밀고 팬들은 행여 다칠세라 팔 뻗어 손끝으로만 살짝

대보는 것이 영상에서 본 유일한 접촉이었는데, 손을 잡다니!). 큰 아이를 가질 때 친구의 임신 소식을 듣고 불타는 질투심이 일더니 바로 임신이 되었던 나다. 질투는 나의 힘, 나도 당장 가서 그의 손을 잡아봐야겠다고 결심했다(나의 결심은 과정이 없다. '손을 잡는다'는 결심만 남고 나머지는 다 생략된다. 이것이 문제다).

남들이 무대 앞에서 광란의 시간을 보낼 때 나는 매의 눈으로 행사장을 둘러봤다. '음, 저기가 대기실이면 그 뒤쪽으로 차가 들어설 것이고 요기쯤 서 있으면 그들이 오는 것을 볼 수 있겠군.'

펜스로 가로막혀 있었지만 손짓하면 충분히 볼 수 있는 거리였다. 눈치작전과 위치 선정이 끝난 나는 그 앞에 목석처럼 섰다(이 정도면 과정이 있는 거 아닌가 싶겠지만 내가 말하는 과정은 이 과정이 아니다).

해가 질 무렵, 예상한 대로 그들이 들어섰다. 어두웠지만 독보적인 그들의 모습을 못 알아볼 리가 없다. 어? 근데 왜 셋이지? 일단 세 명의 멤버를 향해 손을 흔들었다. 그들도 손을 흔들어주었다. 조바심이 났지만 참고 기다리면 하현우도 올 것이라 믿었다. 잠시 후 검은 실루엣의 하현우가 걸어 들어왔다. 해가 완전히 져서 형체만 보였지만 내가 누군가. 국덕이다. 덕주의 걸음걸이, 손짓만 봐도 단번에 알아볼 수 있다. 펜스 이쪽에서 내가 손을 흔들자 가드 두 명이 움찔하면서 한 명은 경호 대상을 보호하겠다는 태도를 취했고 또 한 명은 나를 제지하려는 동작을 취했다. 하지만 하현우는 웃으며(깜깜해져서 눈으로 확인한 것은 아니지만 분명히 웃었다. 때로는 눈으로 보는 것보다 느낌이 더 정확할 때가 있다) 손을 흔들어주었다. 나는 용기를 내어 소리쳤다. "악수 한 번만 해주세요!"(아까 말한 그 팬이 이렇게 말했다고 했다. 이 말을 수도 없이 입으로 되뇌며 기다렸다) 하현우가 가드들을 제치고 내 앞으로 성큼성큼 걸어왔다. 그의 성큼성큼 만큼 내 가슴이 쿵쾅쿵쾅 울렸다. 펜스를 사이에 두고 드디어, 손을 잡았다. 내가 그의 손을 잡았다! 손을! 잡다니!

거기서 나의 모든 것이 멈춰버렸다. 손을 잡았으면 이제 놔야 한다는 그 당연한 사실을 나는 행할 수가 없었다. 왜냐하면 나의 시나리오에 그다음은 없었기 때문이다. 오로지 손을 잡는 것까지만 생각했기 때문에 그다음의 상황이 닥치자 뇌가 정지해버린 것이다. 그가 다시 웃으며(살짝 소리를 냈던 것 같다. 꺽꺽거리며 웃는 소리. 이것도 이후에 수 없이 되짚어 재생시킨 기억이지만 귀로 들은 것보다 정확하다) 내 손을 가만히 내려놓고 돌아갔다(완전 수동 상태였다. 손이 놓이고 내려졌다).

끼요오, 아으, 몸을 부들부들 떨며 이런 소리를 내고 있었나 보다. 잠시 화장실에 다녀온 남편이 내 어깨를 잡아 흔들며, "왜 그래? 조용히 해." 하며 주변을 둘러봤다. 제정신이 돌아왔고 "나, 손잡았어!" 소리쳤다. 남편은 "그래? 사진도 찍었어? 사인도 받았어?" 물었다. 아니! 그제야 깨달았다. 보통은 사인이나 사진을 요청하는데 이 아줌마가 왜 손을 잡고 놓지도 않고 멍하니 보고만 있나 싶었겠구나. 아마 내 표정이 그쪽에서는 보였을 것이다. 빛이 앞쪽에는 있었으니까(왜 꺽꺽 웃었는지 너무 이해되어서 웃프다). 나는 다시 끼여우, 으에, 익룡 소리를 내며 머리를 쥐어뜯었다(바로 이런 과정, 머릿속으로 시나리오를 짜보고 이리저리 살펴보는 과정이 없다는 말이다).

다시 이런 주접을 떨면 내가 인간이 아니다, 정말 다시는 덕주가 아줌마의 주접을 겪게 하지 말자고 다짐, 또 다짐했다. 아, 하지만 인간이 변하면 죽을 때가 된 거라고 하지 않나. 나의 주접은 끝나지 않았다. 두 번째 주접도 시나리오가 없기는 마찬가지였다. 시나리오를 쓰면 뭐 하나,

매번 만나는 것까지만 쓰는데(사실 시나리오라는 말이 무색하다. 명령과 돌진이라는 말이 더 맞겠다).

첫 번째 영접 이후로 '나는 괜찮다, 나는 괜찮다, 남들은 사인도 받고 사진도 찍지만 나는 그런 거 필요 없다.'를 주문처럼 외고 다녔다. 억눌린 욕망은 시멘트 바닥을 비집고 올라오는 잡초처럼 기어이 비어져 나와 왜곡된 판단을 낳는다. 이건 순전히 친구 아들이 그 어렵다는 〈붉은밤〉을 기막히게 부른 탓이다.

초등 4학년인 아이가 어찌나 노래를 잘 부르는지 감탄을 하면서 영상으로 찍었다. 이걸 '하현우에게 보여주고 싶다.'라는 욕망에 불이 켜졌다. 뇌의 명령이 떨어지자 앞뒤 분간 못 하고 목표를 향해 돌진했다. 공연이 끝나자마자(며칠 뒤 공연이 있었고 공연보다 목표가 더 중요해져 버린 나는 공연 이후부터 기억한다) 친구 아들을 핑계 삼아 대기실로 달려갔다.

마침 대기실 문 앞에 하현우가 서 있었다. 나는 핸드폰을 그의 얼굴 앞으로 들이밀었다. 말했지만 '이 영상을 보여주자'라는 생각뿐이었다(평소 나는 생각이 너무 많아 잠을 자지 못할 정도다. 도대체 그 생각들은 어디로 갔을까? 욕망에 불이 켜진 이후 며칠간의 시간이 있었을 텐데 '이번에는 계획을 세워보자.'라는 생각을 왜 하지 않은 걸까).

인사나 설명도 없이 핸드폰을 들이미는 아줌마라니. 하현우가 얼마나 당황했을까. 다행히 헐레벌떡 쫓아와준 친구가 장황하게 설명을 해줬다. "제 아들이 부른 노래인데요, 그걸 들려드리고 싶었어요. (나를 가리키며) 얘는 완전 팬이구요, 공연도 엄청 많이 다녔대요."

덕분에 하현우는 내 핸드폰을 들여다보기 시작했다. "오, 정말 잘 부르네요." 하면서 귀를 기울이는데 하필 밖에서 기다리던 또 다른 친구의 전화가 왔다. 다시 한번 말하지만 나는 국덕이다. 국덕이라면 핸드폰 컬러링이나 벨 소리는 국카스텐의 노래가 담겨 있을 것이고 저장된 연락처의 프로필 이미지는 모두 하현우의 얼굴이라는 점 잊지 말기 바란다(발신자 이미지에 하현우 사진을 넣어두고 순간적으로 하현우에게서 전화가 왔다는 상상 놀이를 하는 건 일상을 즐겁게 하기 위한 하나의 장치일 뿐이다). 그러니까 하현우가 하현우의 노래 벨 소리를 들으며 하현우 얼굴을 한 발신자를 보게 된 셈이다.

서둘러 친구 전화를 껐지만 다시 그가 꺽꺽거리며 웃는 소리를 냈다. 영상을 다 보고 내게 핸드폰을 돌려주면서 그는 내 핸드폰 배경화면이나 핸드폰 케이스까지 빠르게 스캔했다. 물론 전부 국카스텐 관련한 사진들이다.

이 꼴을 겪는 와중에도 내 눈은 오로지 그의 얼굴에 가 있었다. 대기실 밖 복도의 환한 형광등 아래서 보는 그의 모습은 (음, 마지막으로 한 번만 더 주접을 들어주시라. 싫은 분들은 이번 단락을 쓱 넘어가셔도 무방하다) 형광등이 유독 환한 건지, 그가 입었던 흰색 셔츠가 환한 조명 역할을 했는지 유난히도 환하게 빛나고 있었다. 얼마나 환하게 보였냐면 입을 움직일 때마다 얇은 한 겹의 막 같은 하얀 피부가 가늘게 주름지면서 입가 솜털이 오소소 섰다가 누웠다가 하는 것까지 보였다. 코끝은 막 까놓은 완두콩처럼 빛났는데 완두콩 하나가 톡 튀어나올 것만 같았다. 안경을 썼는데도 커다란 눈동자 전체가 그늘 하나 없이 다 보였는데 동공 속에서 서늘한 기운이 뿜어져 나왔다. 직접 만난 사람들이 까칠미, 예민미가 있다며 무섭다고 하던데 그것은 상대를 향한 것이 아니라 스스로 발산하는 꼿꼿함 같은 것이었다. 흔히 카리스마라고 하는 것 말이다.

이토록 또렷이 보이면서도 손에 잡히지 않을 것 같은 투명함이라니. 마치 홀로그램을 보는 듯했다. 연예인을 보고 외계인 같다고 표현하는 사람들이 있는데 완전히 이해되는 말이다. 이 세상 사람의 아우라가 아니다. 이런 느낌을 천사라고 하지 않으면 무엇을 천사라고 한단 말인가.

주접은 여기까지.

참, 드디어 같이 사진을 찍었다(사진에 찍힌 걸 보면 사람인 게 확실하다. 두 손가락으로 팔을, 아니 소매 끝부분을 꽉 잡았다. 진짜인가 확인하고 싶어서). 사인도 받았다. 여한이 없다.

집에 오는 두 시간 내내 열이 오르고(때는 11월이었다) 심장이 미친 듯이 뛰어서 이러다 죽겠구나 싶었지만, 그리고 다시는 목숨 걸고 덕질하지 말자고 다짐했지만, 후회하지는 않는다. 앞으로 어떤 어려움이 있어도 이 순간을 떠올리면 절로 웃음이 터질 테니까.

진짜 주접은 여기까지.

아는 만큼 변화한다는 것은 어려운 일이다. 직접 겪고도 변하기가 어려운데 아는 것을 행동으로 옮긴다는 것은 엄청난 의지가 필요하다. 그럼에도 우리 덕후는 그것을 해내기도 한다. 예를 들면 이런 것이다.

덕주가 책을 권해준다. 국카스텐의 〈파우스트〉는《파우스트》책을 보고 쓴 곡이고, 〈비트리올〉은《베로니카,

죽기로 결심하다》를 읽고 쓴 곡이며, 〈깃털〉은《몰락의 에티카》를 읽고 쓴 곡이다. 덕친 S는 평소 책을 전혀 읽지 않는다. 소설조차 어렵다고 싫어하는데 얼마 전《파우스트》를 읽어냈다. 그 뒤 모든 말을《파우스트》속 대사로 한다. "덕질을 도리어 해결책이라 믿어. 얼마나 많은 덕후가 영혼을 팔았는지 알아?(재앙의 원인을 도리어 해결책이라 믿어. 얼마나 많은 과학자가 내게 영혼을 팔았는지 알아?)", "떡밥 있는 자가 곧 정의인 것을(힘 있는 자가 곧 정의인 것을)." 책을 많이 읽지 않는 것이 무슨 문제가 되겠는가. 하나를 읽어도 완벽하게 자기 것으로 가져가는데. 다만 덕질이라는 영역에서만 그러하다는 것이 문제라면 문제겠다.

S는 얼마 전《티벳 사자의 서》라는 제목만 봐도 고개를 가로저을 두꺼운 책을 덕주가 들고 있었다는 이유만으로 샀다. 마치 고시생의 심정으로 연필로 줄을 그어가며 읽더니 거기서 이런 문장을 얻었다고 한다.

"인간은 육신을 버릴 때 마지막으로 생각하는 것에 따라 다음의 삶을 얻으리라. 그의 생각이 몰두해 있는 그 상태를 그는 얻게 되리라." 맨 앞부분에 나오는 내용이다.

"내세를 바꿀 수 있는 잠언이야. 죽을 때 반드시 덕주 생각만 할 거야. 최소한 덕주 손에 쥔 마이크로 태어날 수는 있겠지."

S는 진지하다.

얼마 전 〈유희열의 스케치북〉 프로그램에서 하현우가 김종서의 〈아버지〉를 불렀다. "슬퍼 마라, 인생은 아름답다."라는 가사가 마음에 꽂혔다. 덕주 님. 정말인가요? 인생은 아름다운가요? 당신의 인생은 아름답기를 바라마지 않지만 내 인생은 아직 아름답다고 감히 입이 떨어지질 않네요. 내 인생은 왜 이리도 풀리지 않는 걸까요? 구시렁대면서도 몇 번이나 그 노래를 들었다. 쓰고 그리고 공모하고, 또 쓰고 그리고 공모해도 여전히 가능성이 열리지 않을 것 같아 불안했던 나는 노래에 대고 괜히 시비를 걸었다. "누려라, 너는 나의 행복이다"라니, 누릴 게 있어야 누리지. 쳇.

게다가 아버지라니, 많은 덕친들이 아버지라는 제목만으로도 울컥한다고 했지만, 아버지라는 제목에서부터 되살아나는 가족이 주는 고통 때문에 나는 고개를 저었다. SNS라는 시공간에 갖가지 개인적 소회가 올라오고 흩어졌다. 나도 마찬가지였다. 내게 아버지란 굳이 떠올리고 싶지 않은 우유부단한 과거다. 하필 가정의 달이었고 전화를 드리려면 용기가 필요했다. 덕주 님의 〈아버지〉를 50번쯤 듣고 난 후 전화기를 들었다. 무사히 관례적인 인사를 마쳤다.

그리고 출판사로부터 연락이 왔다. 브런치의 내 글을 보고 이 책을 내자는 메시지였다. 오! 덕주 님, 당신이 옳습니다. 과연 인생은 언제 어떤 일이 벌어질지 알 수 없군요. 인생은, 아름다워요. 당신이 옳아요, 옳고 말고요.

그렇게 덕주의 메시지를 장대 삼아 결코 넘을 수 없을 것 같은 지점을 도약해낸다. 우리는 변화한다. 덕후니까.

역사의식으로서의 덕질

다른 세상으로 넘나들기

"저기요, 음악 좋아하세요?"

드러며 이정길은 스무 살 때 길거리에서 하현우에게 말을 걸었다.

"같이 스쿨 밴드 하실래요?"

그렇게 두 사람은 밴드 음악을 접했고 너무 재미있어서 학교까지 그만두고(휴학을 할 수도 있었지만 돌아갈 여지를 남기지 않기 위해 때려치웠단다) 본격적으로 음악에 뛰어들었다.

국카스텐의 역사는 이렇게 시작되었는데 나는 여기서 이정길에게 마음이 꽂혔다. 스무 살 때 이미 믿고 따를 주군을 얻다니 정말 좋겠다. 물론 처음에야 서로 의지하는 사이였겠지만 하현우의 노래(인지, 돌아이 기질인지는 알 수 없으나)를 들은 이정길은 그때부터 하현우에게서 절대 떨어지지 않을 거라 공언했단다. 그 눈썰미가 남다르다. 때로 의심하고 때로 인정하고 싶지 않을 때도 있었겠지만 절대 떠나지 않겠다고 생각했다니, 그 결단과 의지와 혜안이 대단하지 않은가. 한결같은 사람이다.

하현우는 이에 대해 할 말이 많다. 언제나 이정길이 드럼을 열심히 하지 않는다고 으르렁댄다. 그거야 그들 입장이고 주군, 나를 이끌어주는 리더가 있기를 바라는 나로서는 그들의 관계가 한없이 부럽기만 하다.

자아가 너무 강해서 힘들었던 내가 갑자기 리더, 주군을 탐하게 되다니 우습다. 오십이면 지천명, 하늘의 뜻을 안다는데 나는 오십이 되면서 오히려 갈팡질팡하고 있었다. 누군가가 나를 이끌어주었으면 좋겠다는 생각이 간절했다. 이게 다 갱년기 탓이다. 젊은이도 아니고 늙은이도 아닌 나이가 되면서 아무짝에도 쓸모없다고 여겨지는 무력감이 시도 때도 없이 들이닥쳤다. 민숭민숭하고 무료한 날들이 이어지다가도 죽고 싶다는 적극적인 의지도 아니면서 군이 살아있다는 것이 구차한, 아주 몹쓸 기분이 들었다.

친구 K는 사회에서 밀려나는 신세가 되면서 그런 생각

이 많이 든다고 한다. 책임지는 일은 본인이 다하는데 업무와 무관했던 사람이 갑자기 나타나 자신을 밀어내고 명목상 대표를 이어받았다는 것이다. 여자들에게 허다하게 일어나는 일이다. 이끌어줄 선배(바로 주군 말이다)가 없는 탓을 했고 서로 고개를 끄덕거렸다. 하지만 우리도 안다. 이제 우리가 후배들에게 주군이 되어주어야 할 나이라는 것을. 애초에 리더로 키워지지 못하는 현실을 탓하며 이야기는 되돌이표가 되고 처량하게 쭈그러들었다.

> 싱싱하게 탐스런 먹이가 말라버린 그를 부르며
> 이리 다가와 나를 만져봐,
> 불안해하지 말고 날 가져가.
> 아무것도 모르면서 다가오다 입이 걸린 얘야,
> 움직이고 움직여도 너는 절대 벗어날 수 없어, 영원히
> - 〈미늘〉 가사 중

나의 방황은 〈미늘〉을 들으면서 더욱 깊어지고 높아지고 결국 사그라졌다 '미늘'은 낚싯바늘 끝의 날카로운 부분을 일컫는 말이다. 국카스텐은 곡 설명에서 "미늘은 매력적이면서 위협적이며 두려운 존재를 상징한다."고 말했

3장. 덕후의 덕목

다. 그들은 이 곡에 성장통을 겪은 자신들의 정체성을 담았다고 했다. 탐스러운 먹이를 먹는 순간 다시는 바다로 돌아가지 못하게 되는 물고기가 "기어드는 바늘 끝이 너를 부정하며 지워버리네."라며 비명을 지른다. 들을 때마다 명치끝을 부여잡아야 했지만 그래도 들어야 숨을 쉴 수 있었다. 오로지 국카스텐을 들어야만 채워지는, 영혼의 저 밑바닥을 쓸어내리는 손길 같은 것이 있다. 듣고 또 들어도 허기가 지던 날들이 이어졌다.

하현우는 미늘을 영화 〈매트릭스〉에 비유했다. 영화에서 네오는 빨간 약과 파란 약 중에 하나를 골라 자신이 살아갈 진짜 세상을 선택한다. 과연 어느 곳이 진짜일까. 진짜라는 게 과연 있기는 한 걸까. 많은 사람이 선택했다는 이유만으로 진짜라고 믿어도 될까. "이 세상 어디가 숲이고 어디가 늪인지 그 누구도 말을 않는"♦ 선택의 영역에서 미늘은 한 걸음 더 나아가 넘나들기를 하라고 한다. 자신을 억누르지 말고 경계를 넘어서라고. 지금까지 안 해본 것들을 하면서 느끼는 자유, 감각, 그걸 느껴보라고. 넘어서지 못하는 내 모습이 목 긁는 소리가 되어 눈앞에 떠

♦ 조용필, 〈꿈〉 가사 중

다녔다.

"저길 봐. 니가 온 세상들은 더 이상 바다가 아냐." 내가 살아온 세상이 바다 같은 자유인 줄 알았는데 어쩌면 자유가 아니었을지도 모른다. 바닷속에 갇혀 지냈던 건지도 모른다. 경계를 넘어서라고 속삭인다. 버려지고 허기진 물고기가 먹이를 바라보면서 누군가에 의해 정해진 '금지'라는 문을 의심한다. 싱싱한 먹이와 내가 살던 바다를 넘나드는 자유를 쟁취하기 위해 미늘을 넘어선다. 미늘은 무언가를 낚아채어 빠져나가지 못 하게 하는 본성이 있는데 그 속성조차도 넘나드는 자유의지를 가지라 한다.

그렇게 수없이 듣다 보면 내 안의 우주 질서를 뒤바꾸는 힘을 느낀다. 미늘에 대한 일기를 네 번쯤 썼을 때 그제야 알았다. 내가 주군을 찾고 미늘을 들으며 울부짖는 이유를. 일기에서조차 나를 속이는 나. 아름다운 바다였다고 믿고 싶은 그곳에서 허우적댄 것은 내가 던진 미늘 탓이었다.

불투명하게 문제를 처리한 적이 있다. 반드시 징계해야 하는 사건에서 발설할 수 없는 이야기라고 덮어버렸다. 정의롭지 못했다는 이유로 조직을 해체했다. 거기서 걸려 넘어져 놓고 엄한 주군 타령을 하고 있었던 거다. 진짜 세상을 보는 게 고통스러웠던 것이다. 이제 넘어진 그곳에서 다시 진짜를 경험해야 한다. 직면하고 일어서는 것. 그게 자유다.

한 번쯤 주저앉는 나이가 된 것이다, 갱년기는. 멈춰버린 시간 속에서 과거를 돌아보고 다가올 날을 모색하는 한발 물러섬의 시기였던 것이다. 한발 물러섬 다음은 도약이라는 것을 우리는 안다. 그렇게, 깊고 어두운 갱년기를 벗어났다.

그래도 이정길이 부럽다. 그들의 성장통을 통찰력 있게 음악으로 승화시키는 주군이 있다는 것이(아직도 끝나지 않은 나의 주군 타령이라니). 대신 내게는 덕주가 있다. 자신을 속이던 나를 깨우쳐주는 덕주의 음악이 있다.

덕질은 잠시 나를 내려놓는 시간이다. 내가 아닌 또 다른 내가 다른 세상을 구경한다. 일종의 도피일지도 모른다. 하지만 힘든 순간을 잠시 잊고 다른 세상, 저 상상의 세계에 다녀오면 보이지 않던 길이 눈앞에 나타나기도 한다.

사실을 고백하자면 덕질 초기에는 덕질 세상이 미늘처럼 두려웠다. 매력적이지만 이쪽 세상에 위협적이라고 느꼈다. 저쪽 세상 속의 달콤한 미끼를 빨아먹기만 하다가 이쪽 세상의 내 헌 몸이 발버둥 치게 될 것 같았다. 저쪽 세상을 받아들이고 나서야 넘나들 이쪽저쪽이 없는 것이 오히려 위험하다는 사실을 깨달았다. 마치 천국과 지옥이 없거나 전생과 내세가 없는 현생처럼. 우주라는 거대한 미지의 세계가 없다면 나의 발버둥이 오히려 내 목을 죄게 될 것처럼.

지금도 나는 잘 넘나들고 있는지 수도 없이 되묻는다. 미늘에 걸린 물고기가 아니라 미늘을 잡아챌 수 있는 물고기가 되기 위해.

얼마 전 아르헨티나 국덕들이 도움을 요청해왔다. TV 프로그램 〈이타카로 가는 길〉(덕주의 리얼 여행 예능이다)을 통째로 번역하겠다고 한다. 덕주가 하는 대사도 알아듣기 힘들 텐데 통번역이라니. 그동안 내 덕주가 나와 함께 숨 쉬는 동시대인이어서 너무나 감사했다. 좀 더 일찍 그들을 알아보고 좀 더 많은 공연을 봤다면 얼마나 좋았을까, 과거의 나를 탓하다가도 앞으로 그들의 변화 발전을 함께할 수 있다는 것이 다행스러웠다. 그런데 이번에는 덕주가 한국인이라는 것에 가슴을 쓸어내렸다. 외국인이었다면 나도 아르헨티나 국덕처럼 외국어를 익힐 기회가 되었을지는 몰라도 번역을 했을 때 생기는 미묘한 차이는 모를 것 아닌가(라디오 헤드의 음악을 들을 때 그런 아쉬움이 있다. 〈high and dry〉만 해도 그렇다. 숨은 의도를 알기는커녕 그들의 가사조차 제대로 이해하기 어렵다). 같은 하늘 아래 같은 공기를 맡을 수 있는 국덕이어서 다행이다. 그리고 같은 덕후로서 외국인 국덕들에게 측은지심을 가지고 더 많은 배려와 인정을 베풀게 된다.

한국어를 알아듣기도 힘들 텐데 스페인어로 자막을 만든다니 아마 능력자를 구하기가 쉽지 않을 것이다. 영어도 못 하고 스페인어도 못 하는 나 같은 사람은 그저 하트와 리트윗으로 응원만 했다. 그런데 영상을 듣고 말하는 것을 그대로 받아쓰기해줄 사람을 구한다고 한다. 우와! 이렇게나 세분된 전문 번역팀을 본 적이 있나. 그것도 덕후 세상에서. 우리가 누구냐. 국덕이다. 그들의 요청에 많은 국덕들이 손을 들어 힘을 보태주었다. 나도 받아쓰기에 이름을 올리려다가 지금은 이 책에 집중하는 것이 국덕적(!)으로 더 중요한 것 같아 자제하기로 했다.

넘나드는 자유의지를 마술처럼 재밌고 쉽게 배울 수 있는 장르가 바로 덕질이 아닐까. 국경을 넘나들고 나이를 넘나들고 시대를 넘나드는 덕후들을 목도하면서 "사람이 살아가는 방법에는 실로 여러 가지 가능한 길이 있다는 것에 대한 깊고도 폭넓은 이해를"하는 데 덕질 만한 것이 있을까 싶다.

공연이 끝날 때 이루어지는 우리만의 문화가 있다. 바로 국덕들의 떼창이다. 공연이 끝나면 돌아가는 관객을 위해 음악을 틀어놓는데 넘치는 에너지를 어쩌지 못하고 무대 앞을 서성이며 노래 부르기 시작한 것이 대박적인 아름다움을 만들어낸 것이다. 무대 뒤에서 멤버들이 국덕들의 떼창을 듣고 감동을 했다는 사실을 알고 아예 전통으로 자리 잡게 되었다. 떼창이 끝나야 진짜 공연이 끝나는 것이다.

그렇게 떼창까지 마치고 공연장을 나오면 알 수 없는 허탈감에 휩싸인다. 꽉 찬 에너지 자장 안에 있다가 "이제 충전 끝났어. 100%야, 나가." 하고 충전기를 빼버린 것 같은 느낌이다.

다시, 이쪽 세상이다.

자아 인식으로서의 덕질

자신의 인생을 스스로 돌보기

40대 초반에 인문학자 고미숙 님의 영향으로 사주명리학에 관심을 갖게 되었다. 《동의보감》을 공부하면서 60갑자를 배우게 된 고미숙 님은 음양오행이 자연과 인간을 연결한 실용학임을 알게 되었다고 한다. 사주명리학 관련한 강의를 두 달 남짓 들었지만 그 오묘하고 깊은 뜻을 천분의 1도 알 수 없었다. 하지만 사주를 바라보는 관점이 어떠해야 하는지는 조금 감이 잡혔다. 내 사주 풀이를 해보았는데 10년마다 오는 대운이 이번에 크게 바뀐다고 했다. 지금까지와는 완전히 다른 새로운 기운이니 준비를 잘하라고 했다.

눈에 띄지 않는 소심하고 평범한 사람, 이것이 어릴 때부터의 내 모습이다. 수업 시간에 일어나서 책 읽기를 시키는 걸 가장 싫어했고 친구도 한 명만 겨우 사귀는 아싸

(아웃사이더)였다. 오죽하면 고3 때 꿈이 서점 주인이 되어 책이나 읽으며 사는 것이었겠는가(오, 노노, 행여 독립서점을 운영하는 자신만의 관점을 가진 크리에이터를 상상하거나 책을 많이 읽는 책 덕후를 떠올리면 곤란하다. 그저 드러나는 것이 부담스럽고 헤쳐나가는 것이 두려운 나약한 인간이었을 뿐이다). 젊어서는 시대의 영향으로 사회운동 언저리에 있었으나 여전히 모든 것을 생각하고 생각하느라 아무것도 못 했다(여기서도 노노, 생각하는 인간이어서가 아니라 실천을 못 하고 주저하기만 한 것이다).

정말 사주의 영향인지(마침 이때 심리 상담을 받기도 하고 배우기도 했으니 전환기가 될 만한 여건을 갖추기도 했다. 생애주기로 볼 때도 40대가 사회적으로 가장 왕성하게 활동하는 시기라고 한다) 내 마음가짐이 달라졌다! 더는 생각하고 주저하지 않고 하고 싶으면 그냥 행동으로 옮기는 내가 된 것이다! '하면 되지, 안 되면 말고'가 내 좌우명이 되었다. 덕분에 마을공동체를 경험하고 혁신학교를 만들어가는 학부모 활동가가 되었다. 항상 문제의식만 있고 누군가가 나서주길 바라다가 내가 헤쳐나갈 수 있으니 답답하지 않았다. 오히려 편하고 자유로웠다.

어느새 10년이 지나고 나는 좀 지쳤다. 사람 속에 있으면서도 한없이 고독했다. 지나치게 소모되어버린 기분이었다. 그동안 열심히 살았으니까 그렇겠지 생각했다. 하지만 어느 날 혼잣말로 '지긋지긋해'라고 중얼거리는 나를 발견하고 좀 심각하다는 것을 깨달았다. 뭔가 대책이 필요했다.

또다시 대운이 바뀐 탓인가 싶어 사주를 보러 갔다. 풀이해준 것은 이러하다.

첫째, 살아오면서 공부를 많이 했으니, 둘째, 이제 내 이름을 내걸어도 된다. 셋째, 10년 후에는 돈도 벌 수 있겠다. 현재 아주 힘들고 벅찬 일, 마음 아픈 일을 하고 있다며 인권운동을 하냐고 물었다(여러분, 교육운동이 이렇게 마음 아프고 힘든 일이랍니다). 당시에 주로 학교폭력 피가해자 지원을 하고 있었으니 과히 틀린 말은 아니었다. 심지어 그 말이 힘든 내 마음을 알아주는 것 같아 위로가 되었다. 하지만 그다음에 한 말을 듣고는 집에 오는 내내 박장대소하고 웃었다.

"정치할래요? 국회의원을 해보세요. 될 겁니다."

함께 갔던 친구는 그동안 내가 애를 쓰고 노력했던 일들이 빛을 발하려나 보다고, 혼자 허공에 대고 선거사무실을 차리고 선거 운동을 하느라 바빴다.

　　　　　　　　　　　　　　　　　　3장. 덕후의 덕목

사주는 해석이 중요하다. 나는 이렇게 해석하기로 했다. 운동이나 정치나 비슷한 영역이다. 그동안 내가 한 활동을 떠올리면 그런 방향을 가리키는 것도 무리가 아니다. 이후의 10년은 내 이름을 걸고 무언가를 하려나 보다. 내가 정치적인 어떤 것을 선택해서 이름을 알리게 된다면 방전된 에너지로 무리해서 성과를 낸다는 것이다. 결국 건강도 잃을 것이다. 모든 것에는 대가가 따르는 법이니까.

정치를 하는데 돈도 번다니 옳은 길이 아니다. 무엇보다 아무리 이성적으로 생각하려고 애를 써도 이미 마음은 공공의 영역이 아니라 지극히 사적인 곳에 가 있지 않은가. 정치인이 사적인 곳에 마음이 가면 정치인이 아니라 정치꾼이 되는 것이겠다.

이렇게 정리하고 나니 무엇을 해야 할지 분명해졌다. 우선 그동안의 경험을 책으로 정리하기로 했다. 그러면서 나 자신을 돌보는 일, 천천히 할 수 있는 일, 아주 골똘히 내 안을 들여다보는 일을 해야겠다. 그렇게 《어서 와, 학부모회는 처음이지》라는 책을 쓰게 되었고 전국을 돌아다니며 학부모교육 강의를 하게 되었다.

그렇다고 이토록 똥꼬발랄하고도 사적인 영역, 덕질이

기다리고 있을 줄이야, 그것도 나이 50에. 정의와 민족, 공동체 정신이 덕주와 이토록 한 끗 차이로 다가올 줄이야. 한없이 무거웠던 내가 한없이 신나게 일하다가 한없이 가벼워졌다(점점 가벼워지는 중이다).

아마도 내 덕질을 스스로 한심하게 여기는 태도가 여전히 남아있다면 바로 이런 공공성에서 벗어나지 못했기 때문일 것이다. 더 공공의 삶을 살지 않고 개인의 재미에 빠져 살아도 되는 것일까, 구태의연하게 늘 불안한 것이다.

고미숙 님은 《나의 운명 사용설명서》에서 이렇게 말했다. "그것은 정해져 있어서 어찌할 수 없는 것이 아니라 그 길을 최대한으로 누릴 수 있음을 말해준다. 아는 만큼 걸을 수 있고 걷는 만큼 즐길 수 있다. 고로, 앎이 곧 길이자 명이다!"

얼마 전 이타카라는 1인 출판사를 냈다. 아직 아무것도 출간하지 않았고 계획도 없다. 출판사를 하고 싶다고 생각만 하는 게 한심해서 어느 날 문득 사업자등록을 해버렸다. 1년에 두 번 27,000원씩 지방세를 내는 비싼 굿즈다. 이렇게라도 책, 출판 쪽에 발을 걸쳐두고 싶었다.

작가가 되겠다는 결심이 이름을 얻고 싶은 욕망은 아닌

지 스스로에게 수없이 되묻는다. 작가의 길을 선택한 것은 나 자신을 돌보는 일이기 때문이다. 나의 감정과 사유를 돌보는 글을 쓰고 싶다. 내 글이 독자의 공감을 받는다면 그것은 덤으로 주어지는 것이니 그저 감사할 뿐이다. 내적으로 단단해지는 10년을 보내고 싶다. 정해져 있어서 어찌할 수 없는 조건이 있다고 할지라도 그 길을 최대한 알고 내가 원하는 내용으로 채우는 것이 나의 운명 사용법이다.

사주와 상관없이 가급적 살아온 날들을 뒤엎는 길을 선택하는 편이다. 쌓아 올린 경력과 이력을 살려서 한 걸음 더 나아가라고 하지만, 그 길 너머에는 지금보다 더 추악한 현실이 혀를 날름거리며 기다리고 있을 것 같았다. 내 삶을 합리화하며 살고 싶지 않다는 궤변을 앞세웠다. 마디를 넘어보지 못한 탓이겠다.

〈펄스〉라는 곡은 하현우가 〈복면가왕〉에서 음악대장으로 9연승을 하고 나서 많은 사람에게 받은 사랑을 보답하고자 쓴 곡이다. 하지만 나는 그 곡에서 사랑받는 자의 벅찬 기쁨 속에 숨은 인간이 가진 원초적 고독이 느껴진다. 단독자로서 담담히 서 있지만, 영광도 절망도 홀로 감당해야 하는, 사람들로부터 인정받고 싶은 인간의 욕구가 비어져 나오는 그 고독 말이다.

꿈은 이루어질지도 모른다는 희망이 있다. 하지만 꿈을 이루고 나면 다시 새로운 시작 선에 서야 한다. 거기서 다시 출발해야 한다. 아직 꿈을 이룬 기쁨을 마음껏 느껴보기도 전에 이미 이전과 다른 자리에 대한 부담이 다가온다. 가진 것들을 짊어지고 그 무게감을 이겨내야 한다.

나는 나 혼자라고 생각했다. 나 혼자, 다시, 발을 내디뎌야 한다고 생각했다. 나약했던 나는 차라리 꿈을 무르고 싶었다. 일상에서 이루는 작은 성취마저 내려놓고 싶을 만큼 겁이 났다. 〈펄스〉를 듣고서야 알았다. 꿈을 이룬 것은 자신이지만 그것을 이루어준 것은 내 옆에 선 수많은 사람 덕분이라는 것을. 그들도 같이 꿈꾸었고 그 꿈을 함께 이루었다는 것을. 그러니 그들이 또, 같이, 발을 내디딜 힘을 주리라는 것을 믿게 되었다. 내가 선 자리 옆에 선 수많은 사람과 함께 나는 그저 하던 대로 떠밀리기만 하면 된다. 그들의 지지와 응원으로 또 나아가면 된다. 그래서 그는 말한다. "다른 이의 숨을 마셔 다시 또 숨을 쉰다."고.

이토록 덕주 님이 최고의 자리에서 나약한 인간의 한

숨 소리를 기록하고 노래해주니 어찌 사랑하지 않을 수 있겠는가. 사실 사랑하는 데 무슨 이유가 필요하겠는가. 사랑이란 한눈에 빠지는 것이고 그 뒤에 오는 모든 것은 사랑의 이유가 되었다가 이별의 이유가 되는 것인데. 그저 가만히 서 있는 뒤태만 봐도 앓는 소리를 내고 새끼손가락 하나만 세워도 자지러지는 것이 사랑이고 덕질인 것을. 그 누가 '앓는' 것은 아는 것이라고 했던가. 앓는 만큼 알아가니 덕질은 곧 앎이다.

주체적 결정으로서의 덕질

엮었다가 풀었다가 다시 잇고 끄르는

붉다고 해야 하나, 푸르다고 해야 하나. 엉겅퀴 꽃 말이다. 봄부터 피기 시작해서 뜨거운 한여름에 걸쳐 붉고 푸른 태양의 빛을 다 빨아들였나 보다. 흔하디흔한 야생초라기에는 자꾸만 돌아보게 하는 저 짙은 빛깔이라니. 질투심에 다가서면 굵고 날카로운 가시가 막아선다.

그간의 세월을 0으로 돌려버리는 순간이 있다. 이만하면 되었다고 생각했는데 어느 순간 원래의 자리에서 한치도 벗어나지 못한 나 자신을 마주할 때가 있다. 멀어지고 멀어져 이제는 잊었다 싶었는데 어디선가 흘러나오는 노래 한 소절에 무너져 내린다. 예전의 감각이 고스란히 깨어나 소름이 돋는다. 서러움과 미움을 뼈아프게 들여다보고 치유도 하고 이제는 이해할 만큼 시간이 흘렀다고 생각했는데 어느 날 발버둥 치며 울어대는 나를 발견하고 망연자실한다.

그렇게 내동댕이쳐진 날이면 〈오이디푸스〉를 크게 켠다. 반복해서 세 번쯤 듣고 양푼을 꺼낸다. 콩나물과 부추를 넣고 비빔밥을 먹는다. 고추장을 크게 한 숟갈 떠서 맵게 비빈다. 힘찬 발걸음으로 시작되는 음악은 뚜둔뚜둔 심장을 겨냥해 달려온다. 고음에서 저음으로 내달리는 진실한 소리가 고막을 때리면 운명과 마주하겠다는 담대한 의지가 온몸에 채워진다. 이제 저항하지 않고 순응하려 한다.

나는 루푸스 환자다. 검색창에서 알려준 바로는 자가면역질환으로 신체의 모든 조직에 영향을 미치는 염증성 자가 면역질환이라고 한다(희귀난치병으로 등록되어 병원비를 절감 받고 있다). 햇빛에 노출되면 증상이 악화한다고 해서 콩나물에 비유된다. 아주 심한 편은 아니지만 외부의 변화, 해와 바람, 온도, 습도 같은 것들에 크게 영향을 받는다. 스스로 체온조절이 잘 안 되어서 멀쩡하다가도 어느 순간 어두운 곳을 찾아 누워야 한다. 온도의 변화가 없고 햇빛이 직접적으로 들어오지 않는 실내가 안전하다. 통유리창으로 햇살이 가득 들어오는 카페라든지, 바다를 만끽

하는 비치 리조트 따위는 꿈도 꿀 수 없다.

그런데 해와 바람과 돌이 어우러진 제주 여행을 떠났다. 그것도 여름에. 당연히 국카스텐 공연을 보기 위해서다. 야외에서 진행되는 공연이라서 걱정이 많았다. 비가 부슬부슬 내렸다. 쨍한 햇빛보다는 낫지만 비가 오는 날도 별로 좋지 않아서 실내를 찾아 숨어들었다. 마침 무대 옆에 지하로 만들어진 박물관이 있었다. 밖에서 들려오는 각국 최고의 음악 소리를 들으며 오래오래 돌로 만들어진 유물을 바라봤다.

남편은 내 좌석을 맡아주는 막중한 임무를 띠고 있었다. 혼자 홀짝홀짝 맥주를 마셔대며 무대 앞을 지켰다. 술 말고는 아무것에도 관심 없는 남자와 국카스텐 말고는 아무것에도 관심 없는 여자가 식당에서 만나 식사를 하고 각자의 제자리로 돌아갔다.

석양이 지는 시간에 맞춰 무대가 호수 위로 옮겨졌다. 쿠바의 선율이 붉게 타올랐다. 밤에 피는 장미처럼 나는 그제야 활기를 찾고 남편 옆, 종일 맡아둔 내 자리에 앉았다. 음악은 정말 더 보탤 말이 필요 없게 좋았다. 엄마 아빠를 따라온 아이들도 숨죽여 음악을 듣고 탄성을 터트렸다. 오늘이 오래 기억에 남을 거라는 생각에 괜히 가슴이 뻐근했다.

그리고 국카스텐 공연이 이어졌다. 어쩌면 그리 매번 최고를 갱신하는지 광분의 시간을 보냈다. 집으로 돌아오는 길에 남편에게 말했다.

"분명히 아까 국카스텐이 나오기 전에도 정말 좋았거든. 마음이 몽글몽글해지고 간질간질하게 따뜻하고 이렇게 스윗한 다정함 정말 오랜만이어서 너무 좋았어. 근데 국카스텐이 나오는 순간 이전에 느낀 감정은 그냥 간지러운 미풍이었던 거야. 강풍으로 진짜 시원한 바람이 간질이기만 했던 곳을 벅벅 긁어주니까 아주 통쾌해. 모든 걸 발산한 기분이야."

남편도 오랜만에 여유를 즐길 수 있어 좋았다고 했다.

갑자기 고백이 하고 싶어졌다. 분위기가 그랬다.

"3년 전에 집 날려 먹었을 때 나 아무렇지도 않았잖아. 집이야 원래 없었는데 뭘 하면서. 아마 당신 어찌 될까 봐 내가 버텼나 봐."

남편 사업이 잘못되면서 집을 잃었다. 감정이 격해진 남편이 걱정스러워 괜찮은 척했다. 넘어진 김에 쉬어가자고 남편을 다독였다.

잠시 침묵이 흘렀다.

"그랬나 보네. 이제 당신이 3년간 푹 쉬어."

다행히 공기가 무거워지지 않았다.

"근데 혼자서도 잘 노네. 공연만 보는 거 심심하다고 할 줄 알았는데."

활동적인 남편에게는 무료한 여행일 것 같아 걱정이었다.

"그러게. 나도 당신 닮아가나 봐."

그렇게 3년 묵은 이야기를 끝냈고 덕질 3년을 보장받았다.

붉은지 푸른지 모를 그 엉겅퀴는 후드득 꽃잎을 떨군다. 며칠 전만 해도 하얗게 반짝이던 수술이 이제는 빛도 잃고 힘도 잃어 축 늘어졌다. 색을 잃은 홀씨는 처연히 흔들리다가 깃털처럼 날아간다. 온몸에 가시를 돋워 아무도 다가오지 못 하게 하더니 스스로 길을 나서는 것이다. 자신의 운명을 찾아 긴 칼을 끌면서 저어가는 오이디푸스처럼.

언제 여름이었나 싶게 서늘해지는 밤, 엉겅퀴는 독을 잃은 가시를 품고 고개를 떨군다. 잊힌 날들과 내 안의 나를 위해 기도 드리는 중이다.

하현우는 한 인터뷰에서 파울로 코엘료의 책《오 자히르》에 나오는 한 구절을 인용해서 〈오이디푸스〉라는 곡을 설명했다. "더는 잃을 것이 없을 때 나는 전부를 얻었다. 자신으로 존재하기를 포기했을 때 나는 나 자신을 찾았다. 모욕당했지만 꿋꿋이 내 길을 나아갈 때 나는 내 운명을 자유롭게 선택할 수 있음을 깨달았다."

그는 오이디푸스 콤플렉스가 아니라 운명과 그것을 개척해나가는 의지에 대한 노래라고 했다. 뚜벅뚜벅 걷는 이미지를 살리고 싶어서 걷는 발걸음에 맞춰 멜로디를 만들었다고 한다. 〈오이디푸스〉를 듣고 있으면 이 세상에 올 때는 빈 몸이었지만 씩씩하게 잘도 살아나가는 소년의 뒷모습이 떠오른다. 다름 아닌 우리들이겠지.

주체적인 사람은 중동태로 산다. 능동도 수동도 아닌 중동태. 자신이 바라는 것과 의지를 주변 상황과 여건에 맞춰 적절히 보완할 줄 안다. 책임을 지되 무거워지지 않고 자리에 대한 무게를 알되 자유롭다.

국카스텐 가사는 많은 부분 중동태다. "지금부터 시작될 재미있는 놀이는 여기저기 숨겨놓은 나를 찾아 저지른다"(〈변신〉의 가사), "앞에 놓인 한 장의 카드는 충혈이 된

도취 속에 잃어본 적 없던 내 삶"(⟨카눌라⟩의 가사), "어디서도 태어나는 끝이 없는 나의 생명 눈을 감아도 보이는 어둠을 삶아버린 끓는 파도에 성호를 그으며 뛰어들면 이제 다 사라진다"(⟨플레어⟩의 가사). 중동태지만 주체적이다.

국덕이라면 '제알할(제가 알아서 할게요)'이라는 말을 안다. 하현우는 예전부터 그랬다. 우리는 '쩌는' 밴드이니 알아서 하겠다고. 홍대 월세나 잡아달라고.

국덕들은 이랬으면 저랬으면 하는 바람을 말하다가도 '제알할이겠지.' 하고 체념 아닌 체념을 한다. 동시에 내덕주의 주체적 태도에 뿌듯함을 느낀다. 그는 우리의 의견을 충분히 담아 적절한 시점에 자신의 의지로 할 것임을 경험으로 안다. 어쩌면 우리가 그들을 좋아하는 가장 중요한 부분일 수도 있겠다.

다시 ⟨오이디푸스⟩를 듣는다. 주어진 삶을 숙명이 아닌 운명으로 책임지는 의지의 노래. 나를 둘러싼 우주의 에너지에 순응하며 중동태로 살고자 한다. 새의 눈으로 나의 삶을 조감하되 나의 의지로 날개를 저어간다. 오이디푸스의 소년이 언제나 내 곁에서 걷고 있다. 그것만으로도 얼마나 큰 위로가 되는지. 나도 언제나 소년 곁을 떠나지 말아야지.

어떤 인연으로 우리가 덕주를 만나고 덕친을 만나고 또 다른 관계가 얽히고설키게 되는지 알 수 없지만 다시 이 어지고 풀리는 섭리를 받아들인다. 한계와 역동을 오가며 나의 세계를 조율한다.

보장받은 3년 동안 당당히 덕질했다. 3년 후? 아니 내가 언제 3년만 덕질한다고 했나? 아마 3년 정도면 충분할 거로 생각했나 보지. 3년이 지난다고 없어진 집이 다시 생기지 않듯이 3년 지난다고 덕주가 어디 가는 게 아니다. 엉겅퀴처럼 다시 자라고 다시 붉어지는 덕질을 할 테다.

깨인 사상으로서의 덕질

회의적 거리를 유지하고 깨어있기

둘째가 갑자기 대학에 가겠다고 한다. 공부에는 전혀 관심이 없어서 특성화고에 보냈는데 전공에 마음을 못 붙이고 매일 운동만 하더니 체육학과에 가겠다는 것이다.

여기서 잠깐, 교육과 진로에 대해 회의적 거리를 가져보자. 과연 대학을 간다는 것은 무엇을 뜻하는 것이고 체육학과는 무엇을 배우는 곳인가. 우리 부부는 대학 진학에 대해 아주 보수적인 생각을 가지고 있다. 대학은 고등학교에서 배우지 못했고 사회생활 속에서도 배울 수 없는 깊이 있는 학문을 스스로 하고자 하는 이들을 위한 곳이다. 큰아이는 어릴 때부터 목표 의식이 높았고 성취 욕구가 아주 강했다. 그게 공부든 대학이든 또 다른 것이든 그랬다. 남들보다 잘하고 싶어서 안달했다. 대학은 가끔 이런 아이들이 성취 도구로 사용한다. 하지만 둘째는 당최 안달하는 법이 없다. 천하태평이다(뱃속에서부터 그랬다. 그토록 바랐건만 큰아이와 5살 차이가 나도록 늦게 왔고 나올 때도 예정일보다 6일이나 늦어서 애를 태웠다). 축구를 좋아해서 축구부에 들어갔지만 주전 자리를 두고 싸우는 모습을 보고 왜 재미있으려고 하는 축구를 저렇게 재미없게 만드느냐고 그만두었던 아이다. 9시 등교 시간에 맞춰 뛰어가면서 지각이냐 아니냐의 그 아슬아슬함을 즐기는 것이 유일하게 마음 졸이는 순간이다.

배움에 대해서도 마찬가지였다. 종일 학교에서 공부했으니 궁금한 게 있더라도 더 알려고 애쓰지 않겠노라, 일찍부터 선언했기에 학원에 다녀본 적이 없다. 나보다 못하는 아이들도 많은데 굳이 성적을 올릴 이유가 없으며 현재 자신의 위치(라고 쓰고 등수라고 읽는다)에 만족한다고 했다. 다행히 학교라는 제도에 순응하고 학생이라는 본분을 크게 벗어나지는(공부 빼고, 아니 성적 빼고) 않았다.

그런 아이가 굳이 대학에 갈 이유가 있을까? 애초에 조금 느리게 살 것을 각오하고 있었고 군대 다녀오고 나면 철이 들지 않을까 생각했는데(흔히 말하듯 군대가 철들게 한다는 뜻이 아니라 나이가 그렇다는 의미다).

또 한 가지, 아이의 진로에 대해서도 우리 부부는 조급해하지 않았다. 어릴 때부터 진로를 탐구하고 결정하는 것이 좋다고 한다. 하지만 50이 넘은 나도 아직 내 길을 찾고 있는데 세상을 경험하지도 못한 아이에게 빨리 길을 정하라고 요구할 수는 없었다.

게다가 요즘 같은 초다이내믹한 시대에 미래 사회가 어떤 모습일 줄 알고 10년 후, 20년 후의 직업과 진로를 미리 정한단 말인가. 그저 5년 동안 즐겁게 몰입할 일을 찾으면 된다고 생각하는 쪽이다. 그러니 둘째는 애초에 진로를 고민한 적이 없다(고 생각했다). 큰아이가 대학을 선택할 때도 나중을 생각하지 말고 지금 공부하고 싶은 것, 그것만 생각하라고 했다(물론 큰아이는 내 말을 귓등으로도 듣지 않고 자신이 가장 성취할 수 있는 것만 생각했다).

나는 둘째가 왜 대학에 가려고 하는지 그 목적을 분명히 할 필요가 있다고 생각했다. 인간은 복합적인 동물인지라 하나의 행동에 하나의 이유만 있는 것은 아니다. 아이도 마찬가지였다. 우선 고3이 되고 보니 미래가 불안해졌다고 한다(여태 불안하지 않은 것이 대단하다). 남들도 대학에 가는 분위기란다(특성화고 교육과정에 문제가 있다). 졸업하는 선배들을 보면 서너 명 빼고 대부분 알바비보다 적은 보수를 받는 직장에 취업하고 6개월도 못 되어 그만둔단다(특성화고의 진로가 심각하다!). 아직 군대 가기가 두렵단다(그건 나도 그렇다. 군대 안 보내고 싶다!). 그리고 운동이 너무 재밌단다(12년 연속 축구부, 농구부 동아리 활동의 스펙을 가지고 있으니 당연하다). 대학에 가는 것만이 대안인데 체육학과 말고는 가고 싶은 데가 없단다. 하지만 체육학과를 졸업하면 교사나 코치가 되는 것 말고는 딱히 다른 진로가 없다는 선생님들의 설명에 망설였다고 한다. 운동을 좋아하고 잘하기는 하지만 누군가를 가르친다는 것은 또 다른 능력이 필요하다. 그런데 얼마 전 친구에게 농구를 가르쳐주면서 자신에게 가르치는 능력이 있다는 사실을 알게 되었다는 것이다.

부모의 교육적 지향이라는 것이 이리도 부질없다. 아이는 부모보다 자신이 속한 사회의 영향을 휘얼~씬 많이 받는다. 가정은 그저 지친 아이가 돌아와 기댈 곳이 되어주면 된다.

아이가 원하는 의미에서의 대학, 그러니까 사회적 진출을 미루고 싶다는 마음을 인정하기로 했다. 4년 더 즐거울 일을 찾은 셈이다.

이제 현실적인 문제가 남았다. 내신 관리라고는 하지 않았는데 갈 수 있는 대학이 있을까. 다행히도 체육학과는 실기가 중심인 대학이 몇 개 있었고 그중에 하나를, 최대한 동아리가 많은 대학을 선택해서(잘 놀아야 하니까) 가기로 했다.

아이는 본격적으로 실기 고사 준비를 시작했다. 그동안 내가 한 것은 덕질. 하던 덕질을 계속하는 것이 아이와 적당히 거리를 두는(신경 쓰면 서로 부담스럽다는 핑계를 대고) 현명한 수험생 엄마의 태도라며, 나는 계속적으로 덕주 님께 신경을 썼다. 대전, 경주, 광주 등 공연이 많아서 바쁜 시간을 보냈다.

아이는 생각지도 못한 좋은 결과가 나왔다. 제일 먼저 발표하는 학교에(바로 이것이 제일 좋았다) 붙었다. 아이는 타고난 운동 실력을 갖췄다고 한다(나는 아직 아이가 운동하는 모습을 본 적이 없으니 아이가 얼마나 잘하는지 여전히 알지 못한다. 4개월이라는 짧은 준비기간 동안 급속도로 올린 실기 점수가 그렇게 말해줬을 뿐이다).

아이를 안다는 것이 이리도 허망하다. 아이에 관해서 부모는 허망하고 부질없는 것투성이다. "아이가 운동'만' 좋아해요, 신나게 놀아요, 해맑아요."라고 말했지만 이 안에는 온갖 부정적인 것들이 숨어있었다. 학부모 활동가로서 살아왔고 나름 깨어있는 교육적 지향을 가졌다고 자부했지만 정작 내 아이가 무엇을 가장 잘하는지, 이토록 숨은 재능이 있는지 전혀 몰랐다. 그동안 내가 보고 깨친 것은 도대체 무엇이란 말인가.

아이를 속속들이 알지 못하지만 언제나 아이 편이 되어주는 것. 스스로 자신의 가능성을 열어가도록 적당히 거리를 두고 지켜보는 것. 그게 부모이듯 덕후란 편이 되어주는 것이다.

친구가 물었다. "하현우가 노래 잘하는 건 알겠고 실제로는 어떤 사람이야?" 덕주가 얼마나 매력적인 사람인지, 얼마나 멋진 생각으로 음악을 만드는지, 얼마나 본받을 만한지 장황하게 떠들었지만 내가 그들을 뭘 알겠는가. 내 자식도 모르는데. 그렇다고 군이 객관적일 필요가 있을까.

신해철 님이 이런 말을 했다고 한다.

"주관적이고 맹목적인 팬들에게 둘러싸여 있는 자가 그것이 전부가 아님을 깨닫고 스스로에 대한 노력을 게을리하지 않으며 남의 말에 귀를 기울이는 것은 아티스트의 몫이지 다른 누구의 몫도 아니다. 게다가 남의 말에 아주 귀를 잘 기울이는 사람은 아티스트가 못 된다. 창작자란 에미, 애비의 말도 안 듣는 것들이다. 굳이 팬이 아니라고 해도 객관적인 태도를 유지해줄 남들은 얼마든지 있다. 또 실체 이상으로 사람을 깎아내리거나 헐뜯는 자들도 부지기수일진대, 굳이 객관적 팬을 어디에다가 갖다 쓰란 말인가."

그렇다. 팬이란 근본적으로 맹목적이다. 맹목적으로 예뻐하고 무조건 '한 편'이 되기로 마음먹은 사람이 덕후이다. 팬이라는 이름으로 감 놔라 배 놔라 하지 않고 적당한 거리를 지키는 것, 그러다 '내 새끼'가 무언가를 하겠다고 하면 옆에 서서 편이 되어 밀어주는 것이다.

깨인 덕후는 평온을 지킨다. 내 덕주를 좋아하는 일에 집중하고 나와 같이 좋아해 줄 사람을 만나 그들과 덕질한다. 현세에서도 좋은 사람들과 일한다. 그 평온을 흔드는 자들과 회의적 거리를 둔다. 누굴 원망하고 미워하는 사람들과 거리를 둔다. 내 삶이 평온해야 올바른 판단을 내릴 수 있음을 안다. 철저한 반성과 비판적 의식은 상대가 아니라 나를 향하게 한다.

덕후가 평온이 깨지는 순간은 신곡이 나왔을 때다. 평

온이 깨지지만 더욱 온전한 평온을 위한 깨짐이니 여전히 평온하다. 국카스텐을 좋아하면서 유일한 단점은 이 좋은 음악으로 우리의 음악적 영혼을 깨워놓고 신곡을 내놓는 텀이 '너어어어무' 길다는 것이다. 다른 음악으로는 채워지지 않는 갈증이 있는데 그 갈증 때문에 타죽을 것 같은 순간에 하나씩 내놓아, 그저 목숨만 부지시켜준다. 이번에도 평온이 오래 가는 중이다.

아이가 입시에 좋은 결과를 가져왔다고 해서 그게 전부가 아님을 알기에 평온을 지킨다. 아이가 하고 싶다는 운동을 할 수 있게 되었다는 것에 의미를 둔다. 4년 후에도 스스로 제 갈 길을 열어갈 것이라 믿는다.

그나저나 코로나19로 온라인 수업만 하고 있어 원하던 운동은 언제 할 수 있을지 모르겠다.

도덕적 감수성으로서의 덕질

낯선 것을 진정으로 존중하기

덕후가 되었다고 말했을 때 사람들의 반응은 대체로 두 가지로 나뉜다. "아, 진짜!" 하며 질색하는 경우와 "아, 진짜?" 하며 반색하는 경우다.

질색하는 경우에는 더 이상 말하지 않는다. 말이란 들을 준비가 되어있을 때 들리는 거니까. 들으려고 하지는 않고 자신의 거부감을 지속적으로 드러낼 때는 내 쪽에서 친밀함의 형식을 새로이 해야 할 때가 왔다고 판단하고 단호히 거리를 둔다.

질색하면서도 한 수 가르치려 드는 이들도 있다. "네가 락을 알아?" 또는 "음악을 알아?" 락을 좋아하는 이들 중에는 국내 음악은 아예 무시하는 무식한(!) 이들도 있다. 음악적으로 우위를 가르려 한다. (그들의 음악을 들어보지도 않고) 실력을 이야기하기도 한다. '사회적 상상력'이라고는 없다. 좀 더 정확히 말하면 "음악은 무슨, 그냥 얼빠(외모를 보고 좋아하는 것)겠지." 한심해하는 것이다. 내가 얼빠인 것은 맞으니, 됐다, 패스.

질색하다가도 이야기를 이어가는 사람 중에는 자녀가 덕후인 경우가 다수 있다. "왜들 그러는 거야? 나를 좀 이해시켜줘."라고 말하지만 실제로는 받아들이지 않겠다는 태도를 고수한다. 난공불락의 요새다. 낯선 것에 대한 관용이 없는 사람들은 미안하지만 내 쪽에서 수신 거부.

가장 나쁜 것은 나를 평가하려 드는 태도다. 덕밍아웃을 주저하는 마음 저편에는 이들에 대한 상처가 남아있기 때문이다. 페터 비에리는 《삶의 격》에서 "우리는 때때로 우리의 체험을 혼자만 간직하고 싶은 경험의 중심체다. 만일 본인의 의사에 반해 이 봉인이 뜯어진다면 그것은 단순한 폭로가 아니라 '경계가 허물어지는 현상'이라고 할 수 있을 것이다. 정신적 경계가 허물어지면 타인과 자신을 구분 지을 방법이 없어진다. 결과적으로 존엄성도 타격을 입는다."고 했다.

페터 비에리는 그 외에도 덕밍아웃하기 힘들었던 내 마음을 마치 들여다본 듯한 문장으로 설명하고 있다. 무언가를 마음먹고 밝힌다는 것은 "외부의 시선이든 자신의 시선이든 둘 중 하나가 신경이 쓰인다는 것이다". "시선에 대한 평가가 특별히 두려워할 이유가 없을" 때에도 우리는 나 자신을 굳이 드러내고 싶지 않을 수 있다. 덕밍아웃은 이제 그 관점을 받아들이지 않겠다고 결정하는 것이다. "외부의 판단을 자신의 판단과 동일시해야 할 이유가 없기 때문"이기도 하지만, 내가 가진 이 특별한 감정을 공유하고 싶을 만큼 상대에게 마음을 열고 다가간 것이다. 그런데도 이를 평가하려 드는 이들이 있다. 감정에 '가치'라는 잣대를 들이대고 옳고 그름을 잰다. 그런 이들을 만날 때마다 흠칫 뒤로 물러나게 되고 타인과의 간격은 점차 더 멀어지게 된다.

덕후라는 표현을 받아들이는 데 시간이 오래 걸린 것도, 내 감정이 무언가로 "명명되는 순간 나만의 감정에 힘을 잃는" 것이 싫었기 때문이다. 나만의 은밀한 감정이 덕후라는 이름하에 일반화되는 게 아쉬웠다. 그렇기에 이왕이면 "품위 있게 드러내고" 싶었다.

이 책의 발간이 덕후로서 더 기쁜 것은 품위 있는 덕밍아웃을 할 수 있기 때문이다. 시선과 압력으로부터 자유로워지면서 동시에 덕후로서 존엄해지고 싶다.

반색하는 경우는 대체로 나의 덕심을 아주 가벼이 생각한다. "나도 국카스텐 좋아해."라는 반응이 제일 많다. 음악대장으로서의 하현우를 좋아하는 사람들이다. 〈도깨비〉 하는 무렵에 공유 좋아하고, 〈사랑의 불시착〉 하는 무렵에 현빈 좋아하듯이 가벼운 마음으로 나를 공감해준다 (공유 님과 현빈 님을 좋아하는 마음이 가벼운 거라는 뜻이 아니랍니다. 누구나 좋아한다는 의미라는 거 아시죠?). 음악대장을 기억해주고 사랑해주는 이들이 참 많다. 음악대장 노래가 담긴 유튜브는 여전히 인기 있고 조회 수도 날마다 치솟는다. 나도 음악대장을 아직 마음으로부터 떠나보내지 못하고 있다.

하지만 덕주는 과감히 음악대장을 떠나보냈다. 가장 붙잡고 싶은 당사자지만 빨리 떠나보내야 한다는 것을 누구보다 잘 알기 때문이다. 그는 말했다. "음악대장은 저 별나라로 돌아갔다."라고.

이제 음악대장이 아닌 국카스텐을 기억해주고 국카스텐 음악을 한 번 더 들어주길 바란다. 게다가 음악대장에 대한 애정에 대해서도 덕후인 나는 할 말이 많다. 덕후와 일반인의 애정을 과연 비교할 수 있을까. 하지만 애정이라는 것은 측정할 수 있는 게 아니니까, 그저 좋아해 주는 것에 고마워할 뿐이다. 하지만 진정한 이해는 아니라는 점, 양해 바란다.

덕질한 지 3년쯤 지났을 무렵 친구가 "아직도 좋아해? 오래 가네."라고 말해서 상처받은 적이 있다. 이 사람이 나라는 사람을 정말 아는 걸까? 우정이 의심되는 순간이었다.

"덕질은 정신건강에 좋지."라고 말해주는 친구 A가 있다. 그 정도면 딱 좋다. 존중이란 때로 무심할수록 좋다.

친구 B는 대환호를 해주었다. "어머, 세상에, 내 친구가 덕후가 되다니, 네가 너무 자랑스럽다. 멋지다!" 한 번도 받아보지 못한 환호에 놀라 도대체 무엇이 멋지다는 건지 한참 동안 어리둥절했다. B는 나의 삼십년지기 친구다. 나의 삶과 사유의 본질을 안다. 그래서 이토록 낯설고 예상치 못한 탈주, 아니 변주를 적극 지지하는 것이다. 고마울 뿐이다.

또 다른 친구 C는 내 덕질을 부러워했다. 정확히 말하면 마음이 마음으로 끝나지 않고 행동으로 이어지는 열정이 남아있음을 부러워하는 거다. 자신도 뜨거웠던 때가 있었지만 이제는 그런 감정이 쉬이 오지 않는다고 한다.

우리는 모두 외롭다. 젊었을 때는 외로움을 달래기 위해 적극적으로 움직였다. 사랑을 하고 친구를 만나고 모임에 나갔다. 하지만 이제 머릿속으로 생각만 한다, 외롭다고. 해결 의지를 갖추기에는 너무 무력하다, 원래 그런 거라고. 남의 시선을 의식한다, 남 보기 창피하다고. 나이만큼 주변의 시선도 쌓였겠지만 무엇보다 자기검열에 걸려 자신의 다른 모습을 드러내지 못한다. 젊은 날을 추억하고 회상하는 것이 대화의 많은 부분을 차지해버려도 그러려니 한다. 마음속 빈자리에 익숙해져 버렸다.

다행히 반려동물이 사람들의 빈자리를 메워주고 있다. 많은 경우 반려동물도 그들에게 '온' 것이다. 우리에게 닥친 덕통사고처럼. 어쩔 수 없이 받아들인 반려동물이 그들을 웃게 하고 삶의 지형을 바꿔놓는다.

C에게도 반려동물이 왔다. 강아지 하늘이가 C의 빈자리를 가득 채워버렸다. 아니 흘러넘치고 있다. C는 우주를 통틀어 자신을 가장 사랑해주는 존재를 만났다고 행복해한다. C는 받는 사랑을 하고 나는 주는 사랑을 한다. 우리에게 이토록 소중한 감정이 남아있었다니, 감동하며 호들갑을 떤다.

"동물과 교감을 해보지 못한 사람은 자기 영혼의 반도 돌보지 못한 거야." C는 가끔 반려동물은 덕질과 비교할 수 없는 사랑이라며 도발한다. 나는 주는 사랑이 진짜 사랑이라고 맞받아친다. 모든 사랑은 짝사랑이다. 내가 원하는 것을 요구하지 않고 '주는 기쁨'만으로 충만해야 한다. 그런데도 사랑을 주는 기쁨을 누렸으므로 내가 준 것보다 받은 것이 훨씬 많다고 느끼는 이타적인 것이다. C에게 하늘이가 온 것은 그것대로, 내게 덕주가 온 것은 또 그것대로 각각의 의미가 있을 것이다. 그래도 덕질의 감정을 가장 가깝게 이해하는 친구가 아닐까 싶다.

우리의 덕질은 열정이 아니다. 한순간 불태워버리는 감정이 아니라는 말이다. 덕통사고라는 것이 본래 그런 것일 뿐이다. 마음으로 끝나지 않고 기어이 움직여 열광하게 만든다. 덕주를 향한 뜨거운 환호가 한여름 소나기처럼 구름 속에 머물지 못하고 쏟아져 내린다.

우리의 덕질은 접속이다. 가족도 아니고 직장도 아닌 제3의 관계를 만들어내는 매개체로써 우리에게 온 것이다.

〈이방인〉을 들으며 덕후들이 서로에게 바로 그 매개체, 즉 이방인이 되어주었다는 걸 깨닫는다. 하현우는 〈이방인〉으로 우리가 어떤 식으로 존재해야 하는가에 대해 말하고 싶었다고 한다. 다시 그의 영혼이 몸서리치게 자기 자신을 찾아 헤매고 있다는 것을 느낀다.

매개체는 낯설어야 한다. 그들의 노래 대부분이 낯선 것을 소재로 하고 낯설게 비틀어 표현한다. 하현우는 큐비즘을 말한다. 우리가 안다는 것을 어떻게 아는가를 말하려면 어리둥절한 낯선 충격을 주어야 한다는 것이다. 낯설게 보아야 보이는 것들이 있다. 낯선 음악은 앨리스의 말하는 토끼와도 같다. 마음을 열고 따라가면 이상한 나라로 나를 데려가 몸을 바꾸고 다른 세상을 모험하게 해준다.

하현우가 공연을 끝내면서 이런 말을 한 적이 있다. "우리 앞으로도 더 희한한 노래, 생전 느껴보지 못했던 감정을 느껴볼 수 있는 노래, 그리고 나만 이상한 게 아니라 여기 이상한 사람들이 많이 있구나, 그러니까 내가 이상한 게 아니구나 하는 생각이 들 수 있는 친구 같은 노래, 많이 들려드리겠습니다."

인간이 가지고 있는 이상한 것들을 자꾸만 끄집어내는 음악을 들으며 우리는 위로받는다. 그래도 〈알레르기〉만큼 이상한 노래가 있을까. 너무 이상해서 너무 안심되는 노래다. 〈알레르기〉를 들으며 일상에서 우리를 괴롭히는 알레르기와는 정반대로 가장 큰 쾌감을 느낀다. 이토록 이상한 노래를 만들어준 그들이 자랑스럽다. 우리 모두 이상하고 낯설어서 특별한 사람들이니까.

시적 경험으로서의 덕질

유용성을 포함하지 않은 그 자체로서 가치 있기

남편은 이상한 사람 중에 가장 이상해서 남들처럼 열심히 하지 말라고 내게 말한다. 남들보다 못한 체력으로 남들처럼 열심히 하면 남들보다 먼저 넘어진다는 것이다. "남들보다 못하는데 남들만큼도 안 하면 더 못하게 되잖아." 했더니 "남들보다 못하는데 남들만큼 해봤자 되겠어? 그러니까 다르게 해야지."라고 한다. "다르게 어떻게?" "다르게, 열심히 하지 마." 뭔가 맞는 말 같기도 하면서 아닌 것 같고, 아닌 것 같아도 내게는 맞는 말 같아서 묘하게 설득되어버린다.

안방 한쪽에 내 책상을 마련했다. 아이들도 모두 독립해서 집에는 나 혼자 있다시피 했지만 나만의 공간, 작가의 책상을 따로 두고 싶었다.

그림 도구 몇 개와 컴퓨터, 그리고 벽에는 덕주 님이 그린 자화상을 오려 붙였다. 어쩌다 그림이 좀 괜찮게 그려지면 덕주 님 그림 옆에 나란히 붙였다. 조금씩 나아지는 그림으로 바꿔 붙이면서 뿌듯해한다. 그림책 작가가 되려면 그림을 공부해야 했지만, 과연 덕질이 아니었다면 그림을 그려보겠다는 마음을 품을 수 있었을까.

SNS에서 이런 글을 봤다. 그림 그리는 노동을 하는 사람은 가끔 덕주를 그리는 게 좋다고. 덕주를 그리면서 그림 그리는 일은 즐거운 것이라고 뇌를 속이면 일하기 위해 그림을 그릴 때도 뇌는 즐겁다고 착각한다는 것이다. 나도 뇌 속이기 작전을 썼다. 미술을 전공한 것도 아니고 애초에 재능도 없는 내가 매일 그리는 것이 무슨 소용이 있나 자꾸만 불안이 올라왔다. 그럴 때마다 '그냥 덕질하는 거야, 덕주를 그리기 위한 덕질이야.'라고 되뇌어서 물리쳤다.

빛을 그러모은다고 누구나 프레드릭이 될 수는 없다. 그림을 그려보고 시도하는 오랜 시간과 과정이 성과로 나타나지 못한다면 그냥 집순이 덕후일 뿐이다. 어떻게든 사람들에게 공감받을 기회를 얻어야 했다. SNS에 그림이나 글을 올려서 기회가 주어지기를 기다리는 것은 내 손

안에 별똥별이 떨어지기를 바라는 것처럼 무모해 보였다
(브런치에 올린 글로 출간 제의를 받게 되었으니 이 책은 내 손 안
에 떨어진 별똥별이랍니다). 공모전에 응모하기 시작했다. 당
연히 떨어졌고 그럴 때마다 좌절하는 내가 너무 싫었다.
더 적극적인 방법이 필요했다. 누가 나에게 작가라는 이
름을 달아주지 않는다면 나 스스로 작가라는 이름을 달
수밖에. 독립출판을 하는 것이다.

미완성된 수많은 연습 종이보다 완성된 그림 하나가
더 의미가 있다는 말을 그림을 처음 배울 때부터 들어왔
다. 부족한 그림 솜씨로 독립출판을 한다는 것이 아직 선
부른 일이긴 했지만 그럼에도 하나의 완성된 그림책을 만
들어내는 경험은 마디를 넘는 일이 될 거라고 다독였다.

마침내 독립출판으로 그림책이 만들어지고, 운 좋게도
북페어에서 독자와 대면할 기회를 얻었다. 이틀간의 작은
행사였고 내 그림책을 알아봐 준 사람은 극소수였지만 드
디어 나도 누군가에게 프레드릭이 되었다는 기쁨은 말도
못 하게 컸다.

하나의 작품을 만나는 것, 직접 만드는 것, 내가 하고
자 하는 말이 누군가에게 가닿는 것, 그것은 유용성을 포
함하지는 않아도(경제성이라는 잣대로는 더욱더 유용하지 않은)

그 자체만으로도 충분한 가치가 있었다.

　그림책 작가가 되겠다고 마음먹었을 때 아주 어렵게 생각하지는 않았다. 잘할 자신이 있어서가 아니라 그동안 살면서 해온 것을 수렴하는 일이라고 생각했기 때문이다. 다만 도구가 달라진 것이다(그 도구를 단련하는 일을 만만하게 보는 것은 아니지만). 예전에는 사람을 만나면서 행동으로 실천했다면 이제는 그런 경험을 글로 쓰고 그림으로 표현하는 것이니까. 그러니까 대단한 창작자가 되려는 것은 아니었다는 말이다. 그저 사는 이야기를 담아낼 수 있는 시기가 된 것 같았다. 작가가 되기 딱 좋은 나이 말이다.

　또한 많이 시도하고 많이 실패한 후에야 성공한다는 사실을 너무 잘 안다. 남들은 성공만 보겠지만 수많은 시도 끝에 그중 하나가 성공하는 것임을 경험으로 안다. 실패의 아픔은 반복된다고 덜 아프지 않다. 두려웠다. 어쩌면 내 갱년기의 움츠러듦은 실패에 대한 두려움, 생의 이치를 알아버린 자의 위축이 아니었을까. 다행히도 두렵지만 꼭 시도해보고 싶은 것이 생긴 것이다. 그 마음이 컸다.

　독립출판은 좋은 경험이었지만 그것이 나를 작가로 만들어주지는 않았다. 오히려 부족함이 무엇인지 명확하게

눈으로 볼 수 있게 해주었고 묵묵히 쓰고 그리는 시간이
더 필요하다는 것을 깨닫게 해주었다. 여신 뮤즈는 웅크
린 내 어깨를 잡아 세우고 토닥토닥 등을 두드리며 '별
거 아냐, 또 걷자.' 속삭였다(여기서 갑자기 눈물이 핑 쏟아져
서 스스로도 당황했는데 글이란 이토록 자신의 경험조차 선명하게
밝혀준다).

사실 그것 말고는 할 수 있는 일이 없기도 했다. 저질
체력의 지병이 있는 약자로서 사회에서 할 수 있는 일이
그리 많지 않았다. 콘크리트 건물에 오래 갇혀 일하는 것
이 힘들었고(금세 숨이 막혔고 피부병이 생겼다), 춥거나 더워
도 곤란하고(냉장 시설이 된 마트에 가면 금세 기침이 난다), 먹
는 것도 불편했다(사과도 데워먹어야 한다). 아이가 어릴 때
일하지 않고 아이만 키울 수 있었던 내 조건에 너무나 감
사했기에 '경단녀'라는 사실이 크게 나를 괴롭히지는 않
았다. 하지만 항상 뭔가가 아쉬웠다. 직장은 아니지만 다
른 일들을 찾아 쉬지 않고 했다. 덕질 3년을 보장받았을
때도 아무것도 하지 않고 놀겠다고 공언했지만 계속 글을
썼고 그림을 그렸고 틈틈이 강의를 다녔다.

경제적으로나 사회적으로 눈에 보이는 성과가 없으면
글을 쓰고 그림을 그리고 또 다른 무언가를 해도 백수에

3장. 덕후의 덕목

속한다는 사실은 변함이 없다(직업란에 주부라는 좋은 선택지가 있지만 그곳에 체크하기보다 기타란에 체크했다). 그래도 나도 뭔가 하고 있다는 표시를 내야 했다. 가족들에게, 그리고 나에게. 나도 살고 있다는 표시 말이다.

대부분의 덕후는 나처럼 백수가 아니다. 오히려 남들보다 바쁘게 열심히 일하는 가운데 덕질까지 하는 열정적인 사람들이다. 그렇지만 딱히 하는 일 없이 덕질만 하는 사람이 있더라도 그들을 너무 한심하게 보지는 않았으면 좋겠다. 아침에 눈 떠서 할 일이 있다는 것은 소중한 삶의 무기니까. 그게 무엇이든 몰입할 수 있는 자기 세계가 있다는 것은 좋은 일이다. 특히 나이 들어서는 그게 전부라고 해도 과언이 아니다.

남들처럼 열심히 하면 탈 난다는 남편의 말이 아니더라도 나는 원래 열심히 하는 사람이 아니다. 뭐든 대충해서 꾸중도 많이 들었다. 일머리도 없고 정리도 잘 못 하고 손끝이 야무지지도 못하다. 매일 하는 의지 같은 건 엄두도 내지 못했다. 어느 것 하나 대충하는 법이 없는 덕주 님을 만나 그나마 이 정도의 성의를 보이며 살 수 있게 된 것이다. 하현우는 어릴 때 공부도 못하고 학원에 보내도 딴 짓만 하는 학생이었다고 한다(주산학원에 보냈는데 주판을 타고 놀았다는 일화가 있다). 화가가 꿈이었던 어머니가 아버지 몰래 미술학원을 보내주었지만 입시 미술은 그의 흥미를 끌지 못했다. 그런데 그 학원 선생님이 현재의 자신으로부터 도약하는 비법을 알려 주었다고 한다. 바로 시간을 들이는 꾸준함이었다. 그때부터 하현우는 새벽에 학원 문을 열고 그림을 그리다가 학교에 가고, 다시 학원에 와서 밤까지 그림을 그리다가 학원 문 닫고 오는 생활을 했다. 그림을 제일 못 그리는 그룹에 속했던 그가 제일 잘 그리는 그룹에 속하게 되었고 미대도 갈 수 있게 되었다. 처음 작곡을 하고 가사를 쓸 때도 그는 음악을 제대로 배운 적이 없기 때문에 자신이 아는 방법, 시간을 들여 자신을 들여다보는 것으로 부족함을 채워 넣었다. 그는 지금도 그렇게 사는 듯하다.

열심히 하지 않으면서 매일 하려면 삶이 단순해야 한다. 사람을 적게 만나고 가급적 일을 만들지 않았다. 매일 쓰고 그리는 것을 최우선으로 한다. 오늘은 오늘의 글과 그림에 충실한다. 내일 쓰고 그릴 것을 미리 걱정하지 않는다. 비우면 채워진다. 그리고 매일 걸었다. 해를 피해 밤에 나가 걸었다. 비가 오고 눈이 오면 계단을 올랐다. 걸으면서 움직이는 내 몸의 근육과 자세에 마음을 두었다.

몸을 움직일 때는 몸에 마음을 두어야 에너지가 모인다는 말을 믿는다. 덕주 님이 바쁜 곡 작업 때문에 운동할 시간이 없어서 걷는 기계를 컴퓨터 앞에 두었다고 해서 걱정이 되었다. 제알할이겠지만 '덕주 님아, 그것만은 마소.' 속으로 염원을 보냈다.

서둘러 걷지 않았다. 몸 가는 곳에 마음 가고 마음 가는 곳에 몸이 가야 영혼이 흐트러지지 않는다. 평온하면 생각이 고인다. 고인 생각을 글로 옮긴다. 그런 글은 힘들지 않다. 어느 날부터 "걷고 올게."라고 말하면서 속으로는 '이야기 채집하고 와야지.' 한다.

남편은 그것도 매일 하지 말고 더러더러 걸러 하고 설렁설렁하라고 한다. 쉽게 꼬꾸라지는 나를 잘 아는 것이다.

매일 하지만 많이 하지 않는다. 여백이 많은 삶이다. 그 여백이 시처럼 남겨지는 날들이 많아지고 있다. 가볍고도 풍부하다.

덧. 내 손안에 별똥별이 떨어지더니 그것이 또 하나의 별똥별을 낳았다는 소식을 전합니다. 독립출판으로 나온 제 그림책이 정식출간 예정이에요. 진짜로 그림책 작가가 되었답니다!

덕질이라는 열정의 길

모든 것을 아우르는 힘

하현우에 대해 주로 말했지만 국카스텐 멤버 모두가 나의 덕주이다. 하현우가 자기소개할 때 보컬과 기타와 말하는 것을 담당하고 있다고 할 만큼 다른 사람들은 거의 말을 하지 않는다(말을 잘 못 해서라고 하는데 못하는 게 아니라 하현우 마음에 안 드는 말을 하는 것 같다). 그러니 우리는 주로 하현우의 입을 통해 국카스텐을 알아갈 수밖에 없고 하현우의 모든 것이 국카스텐 음악을 대변하고 있다고 여기는 것이다.

하지만 음악을 듣다 보면 각각의 악기, 각 멤버에게 귀 기울이지 않을 수 없다. 공연에서 내가 서 있는 위치에 따라 좀 더 잘 들리는 악기 소리가 있다. 소리를 따라 눈이 가는데 눈으로 보면 듣기만 했을 때와 또 다른 이야기가 전해진다.

〈로스트〉를 듣다가 드럼에 눈이 갔다. 소리가 가슴을 울리며 나를 불렀다. 드럼을 친다는 말은 맞지 않는 말이다. 연주하는 것이다. 섬세하고도 잔잔하게 연주했다. 마음을 끌어당기는 에너지가 느껴졌다. 이정길은 그때 마치 춤을 추는 듯한 동작으로 리듬을 타고 있었는데 정말 눈을 뗄 수가 없었다. 이정길은 원래 〈싱크홀〉에서 눈을 사로잡는다. 웃통을 벗어 던지는 퍼포먼스 때문이기도 하지만 이 곡 자체가 절정을 향해 달리는 곡이라 팬들은 초흥분 상태가 되어있고, 웃통을 벗고 나서 드럼채를 잡는 순간 무슨 일이 벌어질지 알기 때문이다. 자, 이제 우리는 달릴 거야, 미칠 준비 됐지? 가자! 그렇게 휘몰아친다. 그런데 〈로스트〉처럼 잔잔하면서도 애절한 곡에서 내 멱살을 쭉 잡아 끌어올리다니, 완전 반전이다.

평소 음원으로 들을 때는 베이스 소리에 가장 많이 귀를 기울인다. 아니, 소리가 귀로 뛰어 들어온다. 심심할 틈 없이 뛰어든다. 적절히 빠져준다. 베이스는 말 그대로 음악 전체를 잡아주기도 하지만 연결다리 같은 역할도 한다. 이 산과 저 산을 연결해놓은 흔들다리 같은 것이다. 다리는 산이 아니지만 다리를 지날 때는 산은 잊고 다리에만 집중하게 되는 것과 같다. 그 다리를 건너게 될 것을 기대하고 때로는 그 다리가 산을 대표하기도 한다. 바로 그 소리가 나는 순간, 이 소리를 듣기 위해 이 곡을 선택한 것처럼 만들어버린다. 〈매니큐어〉가 그렇다. 〈뱀〉, 〈붉은 밭〉도 그렇다. 아, 또 모든 곡이 튀어나온다.

기타는 말할 것이 없다. 소리의 연금술사다. 기타를 손으로만 치는 게 아니라 발로도 치기 때문에(이펙터를 발로 밟는다) 눈이 바쁘다. 기타지랄(퍼포먼스가 어찌나 격렬한지 지랄이라는 표현을 덕주 님께 한다는 것이 적절치 못하지만 이보다 적절할 수가 없다)을 하는 하현우에 비해 너무 많은 기계를 만지면서 기타를 치기 때문에 퍼포먼스랄 게 없다. 그런데도 가슴이 터질 듯한 카타르시스를 준다. 〈거울〉을 처음 들었을 때 이 곡 하나만으로 국카스텐이 이 세상에 나와 음악을 한 가치는 충분하다고 여겼다. 그만큼 (자타공인) 명곡이다. 〈파우스트〉를 들으면서 전규호에게 그런 마음이 들었다. '〈파우스트〉만으로 당신은 내게 충분했어.'라고. 그런데 얼마 전 유튜브로 기타를 치는 걸 보면서(전규호는 감자랜드라는 유튜브를 한다. 요리도 하고 전자기기를 고치기도 하고 기타를 쳐주기도 하는 등 잡탕 채널이다. 옆에서 아이들이 뛰어놀고 가끔 싸우다가 아빠를 부르기도 하는데 그 와중에 "구독과 좋아요를 눌러주세요."라며 극강귀요미를 시전하고는 획 가버린다. 때로는 부인이 등을 보이며 종종거리고 지나가기도 하는 아주 자연스러운 일상 유튜브다.) 마음이 바뀌었다. 공연에서 보지 못했던 소리가 끝도 없이 튀어나왔다. 〈파우스트〉는 간주에 기타 솔로가 나와서 쉽게 알 수 있었던 것뿐이고 그 밖에도 〈미로〉, 〈플레어〉, 〈꼬리〉, 〈바이올렛 윈드〉 등등 희한하고도 거기에 딱 맞는 명확한 소리가 휘황찬란하게 숨어있었다. 안 되겠어, 당신들은 앞으로도 더 많이 우리에게 음악을 들려줘야겠어.

참, 하현우의 코러스도 여기저기 숨어있는데 한 사람이라고 믿기 어려운 다양한 소리를 낸다. 기타 소리인 줄 알았는데 사람 소리이고, 사람 소리인 줄 알았는데 기타 소리라는 탄성이 뉴비들로부터 심심찮게 나온다. 찾아 듣는 재미가 쏠쏠하다. 게다가 가사를 전부 안다고 생각했는데 코러스 속에 숨어있는 가사를 발견하고 '심 봤다'를 외치기도 한다.

코러스도 좋지만 허밍이 특히 좋다. 〈비트리올〉 이야기를 안 할 수 없다. 우울한 삶의 모습을 그리는 노래인데 허밍을 통해 존재에 대한 위로와 따뜻한 손길을 내민다. 특히 우 우우우 우 우우우 다 같이 떼창을 하는 부분이 있는데 노래를 부르다 보면 너도 나도 그 위로에 동참하게 된다. 서로가 서로에게 건네는 그 위로는 단단한 실뭉치처럼 뭉쳐져 두고두고 풀어쓸 수 있다. 얼마 전 어쿠스틱 공연에서는 랄랄랄라 라라라라로 끝냈는데 이 허밍 안에 얼마나 많은 이야기가 들어있는지 참았던 눈물이 결국은 쏟아지고 꺽꺽 소리 내어 울다가 마침내 긴 숨을 내뱉으며 툭툭 털고 일어서게 했다.

악기마다 각각 들어도 좋지만 역시 함께 연주할 때가 가장 좋다. 〈깃털〉을 들으면 네 개의 악기가 서로 어우러져 내가 곧 깃털이 된 것 같은 착각에 빠진다. 하늘을 날아오르던 날갯짓 속에서 깃털 하나가 툭 떨어지는 순간이 스쳐 지나가고 이제 그 역할을 다한 허무하고도 찬란한 깃털의 숙명이 슬프고도 처연하여 둥둥 가슴을 친다. 모든 것을 아우르는 음악이다. 멤버 각각 다 좋지만 그들은 함께 있을 때 가장 빛난다.

혼자 하는 덕질도 좋지만 덕친들과 함께 공연을 보러 가는 날은 기쁨도 몇 배가 된다. 덕친들과 1박을 하면서 이틀간 공연을 봤다. 왜 같은 공연을 다시 보느냐고 묻는 이들이 있다. 영화나 책은 여러 번 보면 문화적 깊이가 남다르다고 하면서 공연을 여러 번 보는 것은 왜 이상하게 여기는지 모르겠다. 같은 공연이라고 해서 같은 경험을 하는 것이 결코 아니다. 우선 이틀간 덕친들과 시간을 보낼 수 있다. 우리는 공연장 부근에 숙소를 잡았는데 모든 예약이 그렇듯이 수많은 검색과 비교분석, 그리고 의견수렴이 필요하다. 그 지난한 결정의 과정에서 매 순간 행복했다고 하면 믿기는가?

10여 년 전에 집을 지은 적이 있다. 집 짓다가 폭삭 늙고 이혼까지 한다는 이야기를 하도 많이 들어서 시작도 하기 전에 포기하고 싶었다. 다행히 좋은 건축업자를 만나서 바로 이 지혜를 배웠다. 그는 내가 원하는 것 10가지를 쓰라고 했다. 부부 중에서도 주로 자신과 일을 진행할 주 고객인 나와 그렇지 않은 남편을 구분하고 남편에게는 3가지만 쓰게 했다. 그 외는 자신이 알아서 하겠다는 것이다. 덕분에 무사히 원하는 대로 집을 지을 수 있었다. 결국 잃었지만(앞서 집을 날렸다는 바로 그 집이다).

결혼식을 준비하는 사람들에게도 같은 조언을 한다. 원하는 것을 딱 한 가지씩 정하라고. 내 결혼식이니 내 마음대로 하겠다고 생각하는 순간 결혼식장으로 들어가지 못할 수도 있다. 내게 정말 소중한 한 가지만 내 뜻대로 하고 나머지는 전부 흘러가는 대로 두어야 한다.

덕질도 마찬가지다. 누군가와 함께 하는 순간 솔플의 홀가분함과 자유로움은 잊어야 한다. 하지만 그게 쉬운가? 밥도 해 먹고 설거지도 하고 마무리 청소도 해야 한다. 누가 할까? 인원은 다섯 명인데 2인용 침대 하나, 1인용 침대가 하나 있다. 누가 바닥에서 잘 것인가? 하지만 우리는 아무런 갈등 없이 하룻밤을 보냈고 다음에도 함께 하자는 약속을 했다. 비결은 바로 덕친이기 때문이다. '우리는 지금 덕질 중'이라는 순수하고도 긍정적인 에너지가 우리를 가득 에워싸고 있었기 때문에 자발성과 양보가 절로 이루어졌다. 그뿐인가. 뭐라도 주고 싶은 마음에 두 손 가득 뭔가를 싸 들고 온다. 서로 선물을 나누느라 정신이 없다. 맛있는 김치부터 간식(주로 덕주가 먹었던 품목으로), 라이브 음악이 담긴 USB까지 가방이 열릴 때마다 기대 만발이다. 나도 어설픈 그림이지만 가방에 로고를 그려준다. 누구는 덕질 상자에 고이 담아둘 것이고 누구는 보란 듯이 들고 다닐 것이다. 누구는 더 갖고 싶어 하고 누구는 더 나눠주고 싶어 한다. 성향도 다르고 성격도 다르지만 모든 이를 아우르게 하는 것이 덕질이다.

오전 10시면 숙소에서 나와야 했다. 비가 부슬부슬 오고 있었다. 비. 어쩌면 그리 매번 비가 오는지. 국카스텐 공연은 언제나 비와 함께 한다. 신기한 것은 쏟아붓다가도 공연이 시작되기 바로 전에 딱 그친다는 것이다. 하현우가 자신의 이름이 '물 하', '솥뚜껑 현', '비 우'라서 그런 것 같다며 사과했을 정도다. 공식 굿즈에 비옷이 있고, 아무리 날씨 예보에서 쾌청하다고 해도 국덕의 가방에는 언제나 비옷과 신발 싸개가 있다. 멀쩡한 하늘에 갑자기 비구름이 몰려온 적이 한두 번이 아니기 때문이다(일본에서는 딱 공연장 주변에만 비가 쏟아진 적도 있다. 직접 겪지는 못했지만 비를 몰고 다니는 기우제 밴드로서 유명한 일화다).

공연은 저녁 6시. 바깥에서 긴 시간을 보내야 하는데 어디로 갈지 우리는 고민하지 않았다. 당연히 공연장이다. 어제 매진이 되어 사지 못한 굿즈를 사야 했다. 굿즈가 아니라 해도 덕후가 어딜 가겠는가. 공연장 주변을 벗어날 수 없다. 굿즈 판매 시간은 3시이지만 미리 줄을 서지 않으면 또 매진되어 사지 못할 수도 있다(덕후에게 그건 정말 생각하기도 싫은 상황이다. 모든 굿즈를 다 사는 것은 아니지만 사겠다고 마음먹은 굿즈는 꼭 사야 한다). 설마 이 시간에 온 사람이 있을까 했지만, 있었다! 두 명의 가방이 굿즈 줄을 서고 있었다. 보통은 가방으로 대신하는 것을 인정하지 않지만(제발 인정하는 문화를 만들어갑시다. 인간적으로 너무 힘들지 않나요?), 아직 너무 이른 시간이고 비도 오고 있으니 암묵적으로 허용하는 분위기다. 우리도 가방으로 줄을 세워놓고 공연장 주변을 돌아다녔다. 덕주 님의 대형 입간판 앞에 서서 다 같이 사진을 찍고, 각자 돌아가면서 찍고, 덕주 님 얼굴과 가까이 찍고, 멀리서 찍고, 잘 못 나왔다고 다시 찍고… 우리는 소녀처럼 깔깔댔다.

"문득 마음보다 몸이 한참을 더 먼저 가 있다는 것을 느끼게 됩니다. 늘 소년처럼 노래하고 싶어요. 그 앞에 그대로 있어 주세요. 소년 소녀의 모습으로." 30세 생일에 하현우가 팬들에게 한 말이다. 그래서인지 국덕들은 공연장만 오면 소녀의 모습이 된다. 과거의 나를 소환하는 게 아니라 어느 때보다 순수한 내가 된다. 소년도 있다. 누가 봐도 70대를 훌쩍 넘긴 할아버지가 스탠딩 자리에서 손가락 하나를 들고 처음부터 끝까지 노래를 따라 하는 것을 본 적이 있다. 내 앞자리에 계셨는데 공연이 끝나면 이야기를 나눠보고 싶었다. 아쉽게도 앙코르가 끝나자마자 서둘러 빠져나가서 말을 건넬 틈을 놓쳤다.

그렇게 굿즈를 사서 다시 사진을 찍는다. 앞모습 찍고

뒷모습 찍고, 손 들고 찍고 손 내리고 찍고… 그러다 보면 어느새 공연 시작 시각. 두근두근. 이런 순간들을 어떻게 같은 공연이라는 말로 퉁칠 수 있냐는 말이다(나는 수시로 햇빛을 피해 실내 어딘가에 처박혀 쉬는 시간을 가진다. 딱 한 번, 함께 하는 즐거움을 놓치기 싫어서 종일 같이 돌아다니다 응급실로 실려 갈 뻔했다. 다행히 의료진을 찾아 도움을 청했고 스탠딩 티켓을 좌석으로 바꿔주었다. 날이 어두워지면서 컨디션을 회복하고 다시 스탠딩석으로 달려갔지만).

공연의 셋리가 같아도 위치에 따라 보이는 각도가 다르고 느끼는 감정도 다르다. 같은 감정이라도 기꺼이 두 번, 세 번 느끼고 싶은 순간이 있다. 국카스텐은 공연 때 편곡을 많이 하는 편이다. 같은 곡인데 완전히 다르게 느끼게 해주는 것이다. 특히 〈비트리올〉 편곡은 국덕들에게 레전드로 회자된다(그것은 천상의 소리였다. 비유적인 말이 아니라 실제로 다들 천정을 올려다보았다). 그때, 나는 곡이 끝날 때까지 손가락 하나 까딱하지 못했다. 성스러움을 담당하는 어떤 주파수가 나를 꼼짝 못 하게 움켜잡고 있는 것 같았다. 그 은혜로운 순간을 다시 경험할 수 있다면 니체의 말대로 삶이 영원회귀한다 해도 두렵지 않다. 어디 〈비트

3장. 덕후의 덕목

리올〉 뿐인가. 16년 〈파우스트〉가 그랬고 17년 〈림보〉가 그랬고 19년 헬로 공연은 통째로 레전드인 걸. 아, 다시 모든 공연이 다 튀어나온다.

더구나 공연은 아픈 병도 낫게 한다. 덕후 세계에는 수많은 간증이 쏟아지는데 마음의 병이 나았다, 이런 건 간증 축에도 못 낀다. 실제로 내가 겪은 일인데 앉은뱅이가 벌떡 일어나는 수준이다. 2018년 인천 펜타포트 페스티벌은 우리에게 역사적인 공연이었다. 드디어 국카스텐이 그 무대에서 헤드가 된 것이다. 국카스텐이 올챙이 시절 "우리도 언젠가 저 무대에 설 날이 있을 거야."라며 꿈꾸던 바로 그 무대였다. 국덕들은 감격에 겨워 국덕국덕거리며 SNS를 달구었다. 그런데 하필 전전날 발을 접질렸다. 반깁스 상태지만 이 중요한 공연에 빠질 수는 없었다. 뒤에 앉아서 볼 요량으로 잔디밭에 자리를 깔았다. 국카스텐 공연 시간이 되면서 사람들이 우르르 앞으로 몰려가는 것을 보니 덕주를 향해 환호하는 모습을 보는 것도 괜찮은 구경이 될 것 같았다.

하지만 판데이루를 두들기며 쿵쿵쿵쿵 〈푸에고〉가 시작되는 순간, 내 몸은 마치 총알이 된 것 같았다. 나도 모르게 튀어나가 뛰고, 또 뛰고, 처음부터 끝까지 발광했다.

공연이 끝나고 돌아오는데, 다리가 멀쩡해졌다! 하나도 안 아팠다. 다음날 다시 아파졌다, 이런 게 아니고, 정말 그날로 다 나았다(믿으세요, 진짜예요. 세상에는 가끔 믿기 어려운 기적 같은 일들이 벌어지기도 한답니다).

　음악은 시간이 흐르면서 시절을 담아 또 다른 의미를 만들어낸다. 똑같은 가사지만 부르는 이의 사유와 감정이 변화, 발전하면서 새롭게 해석되고 또 다른 느낌을 불러일으키기도 한다. 〈만드레이크〉가 그렇다. 원래 〈만드레이크〉는 부족한 자신에 대한 절망과 혐오를 담은 노래이다. 그런데 지금은 공연 엔딩을 장식하는 곡이 되었다. 〈만드레이크〉 전주가 나오면 관객들은 주섬주섬 핸드폰을 꺼내 빛을 만들어 보낸다. 노래를 부르는 하현우는 관객들의 핸드폰 불빛을 받아 반짝반짝 빛난다. 멤버들을 소개하고 자신을 소개하며 자신들이 얼마나 팬들의 사랑을 받는지 자랑한다. "팬들의 사랑으로 쑥쑥 자라 키 183이 된 하현우입니다!"

　그런 그들을 보면서 듣는 〈만드레이크〉는 더는 결핍의 노래가 아니다. "시퍼렇게 멍이 든 허공에다 손을 흔들"어 묵은 아픔을 떠나보낸다. "시들어버린 호흡은 내게 떨어지"고 벅찬 감격만이 환하게 뿌리내린다.

그래서 덕후들은 올공하고 싶어 한다. 각자의 사정에 맞게 조절하는 것뿐이다. 덕후에게 공연은 모든 것을 아우르는 순간이다. 덕주의 음악을 보고 듣는 것만이 아니라 덕친과의 만남, 눈에 익은 국덕들과의 소통, SNS에 넘치는 기대와 후기, 금손 님들의 사진과 움짤, 그리고 내 형편에 맞는 일정과 비용 조정이라는 막대하고도 중대한 결단력(삶에 정말 중요한 절제력과 판단력, 그리고 실행력이 키워진다), 덕심을 온전히 체화하기 위한 혼자만의 시간까지, 덕질은 종합예술이다.

〈손바닥 소설〉

아버지의 뒷방

친정아버지가 자꾸 주무시기만 한다고 연락이 왔다.

억지로 일으켜야 잠시 거실을 서성이고 이내 소파에 앉아 꼬박꼬박 졸고 계신다는 것이다. 엄마는 그런 아버지가 걱정된다기보다는 못마땅하셨다. 아직 옷 욕심도 많고 좋은 음식점에도 가고 싶은 엄마로서는 아버지의 무기력이 끝내 당신 인생에 도움이 안 된다고 타박이신 게다.

아주 어릴 때부터 들어왔던 아버지의 꿈은 노인이 되는 것이었다. 여섯 남매의 둘째였던 아버지는 맏형의 공부 수발을 위해 머슴처럼 일해야 했다. 그런 아버지의 눈에는 사랑방에 가만히 앉아 쌀밥을 드시는 할아버지가 세상에서 제일 편해 보였을 것이다.

아버지는 환갑이 되자마자 상노인처럼 뒷방으로 물러나셨다. 시대는 아버지의 바람처럼 환갑을 노인으로 취급하지 않았지만 아버지는 아랑곳하지 않으셨다. 허연 머리와 중절모를 내세워 노인이 되기 위해 최선을 다하셨고 노인이 되신 것을 훈장처럼 자랑스러워하셨다. 아버지는 당신의 할아버지처럼 종일 공자 왈 맹자 왈 한문책이나 쳐다보며 세월을 보내겠다는 야무진 꿈을 안고 노인대학에 가셨다. 하지만 그곳에선 아무도 아버지를 노인으로 대해주지 않았다. 그뿐만 아니라 평생을 걸려 겨우 늙어진 아버지에게 젊게 사는 법이나 시니어 일자리 등을 들이미는 것이 아버지는 도무지 마땅치가 않았다.

큰아버지가 돌아가시자 아버지는 아무도 부르지 않는 종친회에 나가 당신의 존재를 확인하려 했다. 드디어 최고 어른이 되었지만 종손이 중요한 그곳에서 맏이가 아닌 아버지는 원하는 대우를 받을 수 없었다.

"남의 둘째는 아무 소용없다. 맏이여야 대접도 받고 뭐를 해도 당당하지."

평생을 그렇게 되뇌시더니 딸 셋을 다 맏이에게 시집 보내셨다. 남들이 아무리 요새 세상에 종갓집이 웬 말이냐고 딸들 앞길 막는다고 야단을 해도 소용없었다. 어딜 가서도 어느 집안의 큰며느리가 내 여식이다, 라고 자랑삼으셨다. 박사를 하고 유학을 가는 다른 집 자식들 이야기에 그거 해서 뭐하냐고 그래 봐야 공부한답시고 살아있는 조상도 모시지 않는 상놈 되는 거라고, 오로지 조상 모시는 맏며느리 노릇이 사람 사는 도리 중 최고라는 당신의 주장을 굽히지 않으셨다.

엄마의 성화에 소파에 누워있는 아버지 손을 잡아끌었다.

"아버지, 저랑 요 앞 약국까지만 걷다 와요."

아버지는 마지못해 일어나기는 했지만 결국 미적거리다 화장실로 피하셨다.

아버지는 망연자실하셨을 것이다. 노인이 되어서도 여전히 생이 이어지고 생이 이어지는 한 무언가를 해야 한다는 현실에 아버지는 모든 것이 성가셨을 것이다.

어쩌면 아버지의 할아버지도 아버지가 보아왔던 것처럼 뒷방에 편히 계셨던 것은 아닐지 모른다. 인생에 뒷방이란 게 있을까. 남의 눈에는 뒷방에 있는 것으로 보일지라도 본인은 허허벌판 홀로 서 있는 것, 그것이 인생이 아닐까. 남의 둘째 노릇이든, 밥벌이든, 공자 왈이든, 끝없이 무엇인가 해야 하는 무대 위 주연과 같은 것이 인간의 운명일 것이다.

결국 아버지가 선택한 '무언가'는 죽음을 준비하는 것이었다. 아버지는 형제분들의 뜻을 모아 가묘를 만들고 수의를 맞추셨다. 뭐 하러 벌써 그런 걸 준비하느냐는 자식들의 핀잔에도 아랑곳하지 않고 아버지는 마음을 다해 그 일을 추진하셨다. 그때 아버지는 더는 뒷방 늙은이가 아니었다. 예전 같은 활력을 되찾아 틈만 나면 장례 예절을 가르치려 들어 자식들을 귀찮게 하셨다.

그것이 늙음과 죽음일지라도 살아있는 동안 그 무엇으로라도 살아갈 이유를 붙잡고 행복을 느끼는 것, 어쩌면 이 땅에서 우리가 할 일은 그것뿐일지도 모른다.

다행인지 불행인지 시간은 흘렀고 세월은 지나 아버지는 팔순이 넘어 진짜 노인이 되셨다. 생신날, 아버지는 편지를 하나 꺼내 들고 손주를 불러일으키더니 읽으라고 하셨다.

"존엄한 죽음을 위한 선언서…"

편지를 읽던 목소리가 그 뜻을 찾아 순간 흔들렸고 모두는 젓가락을 내려놓았다.

"내가 병에 걸렸을 때 치료가 불가능하고 죽음이 임박할 경우를 대비하여 나의 가족, 친척, 그리고 나의 치료를 맡은 분들께 다음과 같이 저의 희망을 밝혀두고자 합니다....”

죽음을 미루기 위한 연명치료를 일절 거부한다는 내용이었다. 아이러니하게도 이 선언으로 아버지는 미처 자식들에게서 받아보지 못했던 ‘존경’이라는 것을 받게 되었다.

그래도 여전히 남아있는 생, 아버지는 또다시 무엇으로 살아가실까. 죽음에 대한 준비를 마치신 아버지가 급격히 늙으실까 걱정이 되었다.

쓸데없는 걱정이었다. 아버지는 음악대장으로 이름을 날린 국카스텐의 팬이 되었다. 그냥 그저 그런 팬이 아니라 공연마다 지방까지 쫓아다니는 극성팬 말이다. 누가 알았겠는가. 아버지의 뒷방에 덕질이 있을 줄을. 왜냐고 묻는 것은 의미가 없다. 인생에는 아무 이유 없이 갑자기 들이닥친 선물도 있는 거니까. 죽음을 마련해놓자 또 다른 삶의 자유를 발견한 건 아닐까 추측해보지만 우리가 아는 것은 이것뿐이다. 끝날 때까지는 끝난 게 아니라는 것.

엄마는 남사스럽다며 아무에게도 말하지 말라고 하셨

지만 어쩌랴. 방청석 맨 앞에 앉아 "국카스텐! 국카스텐!"을 연호하며 슬로건을 흔들어대는 아버지를 티브이에서 봤다는 사람들이 여기저기 나서는 것을.

그렇다고 구부정한 허리와 노인다운 중절모를 포기한 건 아니다. 여전히 아버지는 "내 나이가 팔순인데"를 늘어놓았고 젊은 팬들은 "그 나이가 어때서"라고 환호했다. 아버지가 진짜 록 음악에 심취하게 된 건지 아니면 노인이 환영받는 법을 간파한 것인지는 알 수 없다. 하지만 아버지는 드디어 존재만으로 인정받고 그토록 원하던 노인으로 대접받는 삶을 살게 된 것이다.

아버지는 남의 집 며느리로 사는 나를 공연장으로 불러내더니 매표소 앞으로 슬쩍 등 떠미는 스킬까지 완벽하게 구사하셨다. 〈끝〉

4장

덕질의 이모저모

같은 덕후, 다른 덕질

처음 그림을 그릴 때는 아무것도 몰라 아무 종이에 아무 연필로 그냥 그렸다. 조금 정보가 쌓이면서 그림에 따라 도구를 달리하는 것이 효과적이라는 걸 알았다. 그림 도구를 사고 싶었지만 막상 미술용품점에 가보면 무엇을 사야 할지 막막하기만 했다. 누군가를 붙잡고 물어보고 싶어도, 질문도 뭘 알아야 할 수 있는 것이다. 그때 '취미예술가' 양성과정이 있다는 걸 알게 되었다. 새로운 것을 배울 때 학원이나 정식 코스를 잘 선택하지 않는 내게 적당할 것 같았다. 야매(?)가 좋다. 가볍게 배워야 내가 채울 것이 많다.

8회차 수업이었는데, 첫날부터 마음에 쏙 들었다. 강사에게서 뭔가 선한 에너지가 뿜어져 나왔다. 강사도 그림을 배운 적이 없고(초초보인 우리 마음을 너무 잘 알고 있었다)

그림을 '잘' 그리기 위해 시작한 것이 아니라고 한다. 낙서를 끄적거리다 보니 두 시간이 후딱 지나가 있더란다. 힘든 삶 속에서 아무 생각하지 않는 순간이 있다는 것, 그게 좋아서 그림을 그리기 시작했단다. 하지만 "그림이 취미에요."라고 말하기에 그림은 너무 고급한 쪽에 속해 있고 그렇다고 예술이 아닌 취미로 취급받는 것은 싫은, 그래서 취미예술가라는 개념을 쓰기 시작한 것이다.

그림을 그리는 다양한 기술(예를 들면 한 선 드로잉이나 젠탱글)도 가르쳐주었지만 그보다는 내 그림을 더 그럴듯하게 보이는 팁이 아주 유용했다. 외곽을 더 굵게 그리라는, 절대 아무도 알려주지 않는 어찌 보면 당연한 사실이지만 그알못(그림 알지 못하는 사람)인 나만 몰랐던 것들 말이다. '종이6: 붓3: 물감1'이라는 놀라운 진리(이것도 아는 사람은 다 아는)도 알려주었는데, 실력이 아니라 도구를 탓할 수 있는 좋은 핑계가 되어주었다. 정말 유익했던 것은 간단한 도구를 선물로 주었는데 물붓과 수채연필이었다. 그것들은 내 그림에 컬러 시대를 열어주었다.

종종 과제도 내주었다. 일러스트로 내 얼굴 그리기를 하라는데 막막했다. 강사는 무조건 귀엽게 그리고 나서 그게 나라고 주장하고, 아예 스티커를 만들어 내 물건 여기저기에 마구 붙이라고 했다. 그림이 나랑 닮지 않았다고 웃던 사람들도 나중에는 그게 나라는 걸 인정하도록 세뇌하라는, 말도 안 되게 깜찍한 작전이었다.

여기서 잠깐, 우리 덕주 님 이야기가 떠오른다. 인스타 라이브를 하던 중에 안경이 불편해서 라식수술을 하고 싶다고 했다. 팬들은 경악을 하고 말렸다. 안경이라는 게 한 번 익숙해지면 마치 화장 안 한 얼굴을 보는 것처럼 안경을 벗는 것이 어색하다. 덕주 님 자신도 안경은 속옷과 같아서 절대 벗을 수 없다고 했었는데 갑자기 이게 웬 말이냐. 특히 프레임이라는 이름의 안경을 꼭 쓰도록 팬들은 강요(!)했고, 덕주 님도 평소에는 다른 안경을 쓰다가도 공연 때나 티브이에 나올 때는 항상 프레임으로 바꿔 쓰곤 했다. 그런 덕주 님이 마음을 바꾼 것이다.

그는 이렇게 말했다. "언젠가 안경을 벗을 테니 그때 여러분들은 '안경 벗어도 멋있어요.'라고 해주세요. 솔직히 안 멋있어도 그냥 멋있다고 자꾸 말해주세요. 해시태그 달아서 '안경 벗은 얼굴도 멋있어요.'라고 써서 SNS에 올려주면 저는 멋있어지는 거예요. 여러분이 '저희 라이브가 죽인다', '가사가 죽인다' 해주니까 우리가 진짜 누굴 죽이지 않아도 죽이는 밴드가 된 거잖아요. 그러니 이번에도 안경 벗은 것도 멋있다고 자꾸 써주세요. 알았죠?"

팬들은 '안경 벗어도 멋있어요.'라는 댓글을 달아주었다. 우는 이모티콘과 함께.

이렇게 귀엽게 우기면 덕후가 어쩌겠어요. 덕주 님 하고 싶은 대로 하세요. 덕주 is 뭔들.

강사는 잠시 잠깐이라도 예술가로 살아보자고 강조한다. 혼자는 뻘쭘하지만 함께하면 그럴듯해 보인다고 너스레를 떤다. 그래서 자율동아리를 권한다. 8회차 수업이 끝나고 나면 지역별로 동아리에 가입할 수 있었다. 금세 느슨해질 창작에 대한 열정이 꾸준히 이어지도록 서로 돕는 것이다.

바로 여기서 그림 덕후들을 만나게 되었다. 저녁 모임이었으므로(낮 외출을 피하다 보니) 주로 직장인들이었는데 대한민국 직장인이 얼마나 피곤한가. 그런데도 그들의 예술에 대한 애정은 가히 덕후의 그것이었다.

덕후가 오로지 덕주만 바라보는 게 아니라 스스로 굿즈를 만들거나 움짤을 만드는 등 다양한 떡밥을 생산해내듯이 그들도 그림만 그리는 게 아니다. 사람이 많이 모이면 다양한 방면의 지향이 드러나게 되어있다. 서로의 지향을 공유하고 확대 재생산하게 된다. 누군가는 그림 도구를 사는 재미를 즐긴다. 이런 사람은 할인 행사에 민감하게 반응하고 대량으로 사서 회원들에게 저렴하게 구매할 기회를 제공할 줄 안다. 모임에서 즉석 장터가 열린다. 물감은 특히 인기가 많다. 일주일에 한 번 모여 그림을 그리는 사람들이 사기에는 너무 용량이 크고 비싼 물감을 소분해서 살 수 있기 때문이다. 그동안 그 물감의 그 색 없이도 잘 그려왔지만 그 순간 그 물감이 없으면 그림을 망칠 것 같은 기분이 든다. 마치 굿즈가 없어도 공연 보는 데 아무 지장이 없지만 굿즈가 없으면 나만 덕주와 연결되지 않은 것 같은 불안감이 생기는 것과 같다. 우르르 몰려들어 물감을 산다. 또 누군가는 인스타에서 인기 높은 드로잉 스타를 발견한다. 우르르 가서 팔로우를 한다.

최근에는 코로나19로 만날 수 없게 되자 한동안 모임을 미루다가 온라인 모임을 시작했다. 각자의 공간에서 그림을 그리지만 서로 에너지를 주고받으며 혼자서는 해내기 어려웠던 한 점의 그림을 완성한다. 더 소중하게 더 아련하게 그림은 우리를 연결한다. 그림은 그리움을 담는 것이니까.

봄가을에는 모든 회원이 그림 소풍을 간다. 초보 취미 예술가들이 야외 드로잉이라는 로망을 실현할 기회다. 혼자서는 절대 할 수 없는 일을(누가 볼까 봐. 사실 누가 봐주길 바라지만 그래도 그림 실력을 봐달라는 건 아니니까) 함께하니까 할 수 있다.

〈몽타주〉라는 노래가 있다. 영화 편집 기법에서 모티브를 얻었다고 한다. A+B=C. 서로 다른 두 가지가 부딪혀 또 다른 하나를 만들어낸다는 이론으로 '충돌에 의한 변화'라는 의미를 담고 있다고 덕주는 설명한다. "더 세게 바닥에 몸을 던져도 더 이상 발견할 게 없는 빈 쇼트"라는 가사처럼 A 혼자서는 절대 넘어설 수 없는 한계선이 있다. A가 B라는 친구를 만나면 각자 평소에 할 수 있는 생각과 행동 이상의 시너지가 발생하기도 한다. 그 시너지는 서로 다른 것을 받아들이고 존중했을 때 긍정적으로 발휘된다. 우리는 삼삼오오 모여서 몽타주를 만들어낸다.

그림을 그리고 점심을 먹고 차를 마시며 그동안 만나지 못했던 동기들을 만나 수다를 떤다. 해 질 무렵 다 같이 그림을 늘어놓는다. 드로잉북이 전시되는 것 자체가 장관이다. 둘러보며 그림을 구경하는데 이곳의 불문율이 있다. 그림에 대해 품평하지 않는 것이다. 그림 그리는 시간을 즐겼으면 그것으로 충분하다. 더할 나위 없는 예술가의 시간이 된 것이다. 각자의 그림은 그것 나름의 의미가 있고 서로 그것을 존중한다. 강의 시간에도 고개 들어 옆 사람의 것을 둘러보라고 한다. 비교하기 위해서가 아니라 내 그림도 그들의 그림만큼 그럴싸해 보이니 자신감을 가지라는 것이 목적이다.

그것으로 소풍이 끝나면 소풍 가서 보물찾기를 안 하고 온 것 마냥 서운하지 않겠는가. 선물 추첨의 시간이 있다. 특별히 돈이 있거나 회비를 모으는 것이 아니라 다양한 분야의 사람들이 있어 약간의 기증품을 받은 것이다.

시골 마을의 운동회에서 할머니들이 비누나 퐁퐁을 건지는 것처럼 우리도 그렇게 소소하다. 커피나 반찬통, 지퍼백 등이 나온다. 가끔 대박도 있다. 물감이나 붓, 드로잉북 등이다. 그림 그리는 사람들이 모이는 행사니까 그림 관련 업체로부터 협찬을 받는다.

연말 모임도 한다. 유명한 그림 강사들이 초청되어 오기도 한다. 즉석에서 그림 시연을 보여준다. 마치 덕주 만난 덕후마냥 고개를 빼고 구경한다. 사놓고 잘 쓰지 않는 그림 도구 경매 시장도 열린다. 있는 것을 팔고 또 다른

도구를 산다. 각자 자기 재주를 뽐내는 부스도 있는데 나
는 여기서 타로를 봤다. 내년에 내가 하고자 하는 일이 잘
되겠냐고 물었는데 "잘 될 겁니다."라는 1초 답을 들었다.
분위기는 진짜 점성술사 같던 그이가 미소를 가득 머금고
는 더 이상 입을 열 생각이 없는 것을 보고 고맙다고 말하
고 뒤로 물러났다.

　동아리별로 전시회를 열기도 한다. 내가 속한 동아리에
서도 전시회를 해보자는 의견이 나왔다. 예전에 팬카페에
서 가끔 그림을 그려 올리던 한 팬이 '국카스텐'이라는 전
시회를 한 적이 있다. 덕주 그림 전시회라니 '이건 꼭 봐
야 해.'라며 달려갔다. 작은 전시회였지만 벅차게 부러웠
다. 이제 나도 이걸 할 수 있겠구나 싶어서 마음이 들떴다.
하지만 덕주 그림은 영 아니었다. 내놓을 수가 없었다. 아
쉽지만 뒤로 미루기로 하고 대신 그림마다 덕후스러운 제
목을 달았다. 국카스텐 음악 제목이나 가사 등을 살짝 고
쳐서 넣은 것이다. 혼자 회심의 미소를 지었다.

　덕후의 가장 큰 단점은 고독을 느낄 시간이 줄어든다
는 것이다. 언제나 약간 조증 상태의 은은한 충만감이 있
다. 어느 곳에서나 덕질의 기운을 불어넣을 수 있기 때문
이다. 우울한 일이 있다가도 덕질의 양념을 조금만 톡톡

뿌리면 금세 빙그레 웃고 있는 나를 발견한다. 작가는 조금 고독해야 인간 내면에 깊이 박힌 짙푸른 언어를 길어 올릴 수 있지 않을까 싶다가 '나는 그냥 웃게 하는 작가가 되련다.' 하고 마음먹는다.

그래봤자 덕질, 그래도 덕질

한껏 덕질의 좋은 점을 나열했지만 덕질의 폐해를 모르는 것이 아니다. 공연장에서나 페스티벌, 또는 인터넷 공간에서 마음 불편한 일들을 겪기도 했다. 특히 덕주에게 이래라저래라 하는 사람들을 보면 정말 화가 난다. 〈복면가왕〉에서 불렀던 노래들(다른 가수의 노래를 커버한 것)이 좋다면서 국카스텐 음악은 어렵고 듣기 불편하니 대중적인 것을 내놓으라고 당당히 요구하는 팬(안티 급이다!)들도 있다. 하지만 이상한 사람들은 어디든 있다. 정치권에도 있고 교육계에도 있고 평범한 직장에서도 무시로 만난다(하지만 좋은 사람들이 훨씬 많다. 어디나 그렇듯이).

그래봤자 음악을 좋아하는 것이고 그래봤자 덕질이지만 그래도 음악이 좋고 그래도 덕질이 재미나서 하는 건

데 뭐가 그리 문제인지 조용할 날이 없다. 소식이 늦으면 늦다고 난리, 빠르면 빠르다고 난리가 일어난다. 사람 사는 곳에 사람들이 아우성치는 것은 당연하다. 그 자체를 문제 삼을 필요는 없지만 정말 위험한 게 있다. 바로 혐오다. 혐오라는 괴물이 덕질 안으로 덮치는 것이다. 덕질하다 보면 싫은 사람들이 있다. 같은 국덕이어도 나와 성향이 맞지 않는 이들에게 싫은 감정을 느낄 수도 있고 잘못하면 내색하게 될 수도 있다. 하지만 혐오는 곤란하다.

내 덕주에게 잘해주는 사람이 좋다. 티브이 프로그램에서 내 덕주에게 뭔가 섭섭하게 대하는 모습이 보이면 그동안 호감을 가졌던 사람도 싫어진다. 미묘한 부분이지만 덕후의 레이다에 잡히는 순간 요리조리 해체당하는 것이다. 하지만 같은 덕후끼리도 조심해야 한다. 전염되니까. 부추기고 혐오하는 것들을 혐오한다.

아이들 키울 때 내 새끼 예쁜 짓 하는 걸 다른 사람에게 말하면 사람대접 못 받는다. 부부끼리만 하는 거다. 다른 아이가 내 새끼한테 조금 잘못하면 누가 들을세라 부부끼리만 흉보고 말아야 한다. 딱 거기까지! 혐오라는 괴물에게 먹히면 내 마음만 지옥이 되고 누군가를 짓밟는 순간 '그래봤자 덕질'이 되는 것이다.

요즘 정덕(정치 덕후)들의 혐오가 심상치 않다. 일관된 태도로 상대를 깎아내린다. 서로 각자 뱉어내기만(이걸 말이라고 할 수 없다) 하고 상대의 말은 아예 듣지 않는다(상대가 아예 없기도 하다. 나와 다른 대상은 모두 차단하고 보고 싶은 것만 보니까). 하지만 여기도 끝까지 팩트만을 찾아 올리는 사람도 있다.

덕질의 폐해를 걱정하는 이들의 마음 밑바탕에 깔린 덕후에 대한 혐오가 몇몇 덕후들이 하는 악플 속 혐오보다 나을 게 없다. '내 새끼 소중하듯 남의 새끼도 소중하니 내 덕주 소중하면 남의 덕주 까내리지 말라.'는 표현을 처음 들었을 때 그동안 일상에서 배웠던 혐오와 존중에 대한 그 어떤 배움보다 절절하게 다가왔다.

조공도 심각한 문제를 일으킨다고 들었다. 기껏 몇 년간의 덕질생활, 그것도 하나의 장르 안에서 덕질을 했기 때문에 내가 팬덤 문화를 안다고 할 수는 없다. 상상 이상의 일들이 벌어진다는 것을 모르지 않지만 극단적인 경우는 제외하자. 이미 말했듯이 이상한 사람은 어디에나 있으니까.

예전에 국카스텐이 팬들과 트위터에서 질의응답 놀이

를 한 적이 있다. 한 팬이 "없어지지 않을 수 있나요?"라고 물었다. 그들은 "없어지지 않게 해줄 수 있나요?"라고 답했다. 없어지지 않기를 바라는 팬들은 없어지지 않게 해주기 위해 뭐라도 하고 싶어 한다. 편지를 쓰고 선물도 보내는 것이다.

후원과 조공의 차이가 뭘까? 그것이 선물이든 현금이든 여럿이 모아서 하든 개별적으로 하든 강요된 것이 아닌 모든 후원과 조공을 나는 찬성한다. 강요하거나 눈치 보게 하는 것이 아니라면 말이다. 제발 많이 주자. 여유가 있다면.

옛날에는 귀족들이 문화예술인들을 후원했고 지금도 골프 등 스포츠 선수들은 공식적인 스폰서가 있어 후원금으로 운동을 한다. 정치나 경제 연구소도 기업이 후원하고 그 연구 결과를 공신력 있다고 인정하며 언론에서도 인용한다. 음악인이라고 해서 왜 후원을 받아서는 안 되는가. 앞서도 말했다시피 3,000원씩 모아 내 덕주 내가 살리자는 운동도 있고 나는 그 방식이 빨리 자리 잡기를 간절히 바라는 쪽이다.

경제적인 문제라면 조공만이 아니라 공연비도 부담스

럽다. 남편은 내가 뭔가 갖고 싶다고 하면 거짓말이라고 한다. 정말 갖고 싶다면 덕질을 줄여서 살 텐데 그러지 않으니 덜 갖고 싶은 거라고. 맞다. 사고 싶은 거 참고 아껴서 공연장에 한 번 더 간다. 남편의 그 말이 내 소비생활, 덕질 비용의 기준이 되었다.

그래서 조공한 적이 있느냐고? 물론 있다. 공연할 때마다 헤어스프레이 때문에 눈이 따갑다기에 수제 헤어스프레이를 선물로 전해준 적이 있다. 여전히 따갑다는 걸 봐서는 안 쓰는 것 같다. 열정적인 공연을 하다 보면 안경에 김이 서리는 걸 볼 수 있다. 그래서 안경 클리너를 하나 사서 들고 다녔다. 이제 필요 없게 되었다. 덕주가 결국 라식 수술을 했단다(그래도 안경은 쓰라는 팬들의 성화가 있지만 이 또한 제알할하실 것이다. 덕주 님 뜻대로 하소서…).

인증문화도 마찬가지다. 스밍 인증으로 선물을 주거나 인증하지 못하면 팬카페에서 불이익을 주는 일들이 있다고 한다. 아예 스밍 자체를, 아니 인기순위를 매기지 않았으면 좋겠다. 더 다양한 장르의 음악이 확산되었으면 좋겠다(제발 덕질 폐해를 말하지 말고 음원회사의 폐해를 막아달라). 스밍이라는 문화에 문제가 있지만 스밍을 할 수도 있다.

이것 또한 개인적인 선택이어야 한다. 분위기에 휩쓸려 스밍을 하고 인증까지 요구받고 나면 마음이 씁쓸하다. 하지만 내가 내 가수를 위해 스밍을 하고 나면 이게 덕후의 행복이라 뿌듯해진다.

얼마 전 국덕들이 SNS 실시간 검색 순위에 올리는 놀이를 했다. 음원이 나오는 날 다 같이 하나의 해시태그로 총공세를 펴는 것이다. 짧은 시간 동안 화력을 집중하는 일이라 쉽지 않았지만 끝나고 나니 뿌듯했다. 서로에 대한 믿음과 감사, 동지애에 대한 후기가 올라왔다. '이런 맛에 덕질하지.' 하는 순간 덕주가 고맙다는 글을 올려주었다. 와! 다들 눈물을 펑펑 흘리며 감격했다. 진짜 이런 맛에 덕질한다. 남들이 인정하는 무언가를 위해 나의 애정을 인증할 필요가 있을까. 진정한 인증은 덕주의 웃음뿐이다.

팬덤문화도 바뀌고 있다. 덕후들와 함께 하는 기부나 헌혈 등을 인증하는 등 선한 영향력을 주고받는 이들이 많아지고 있다. 우리 덕주 님은 매년 첫 번째 공연을 소아암 환우를 위한 기부공연으로 하고 있다. 그곳에 국덕들의 기부가 이어진다. 어떤 덕질을 해야 진짜 덕질의 참맛을 느낄 수 있는지 덕후들은 안다. 팬덤이 점점 현명해지고 있다.

〈your name〉이 나오기로 한 날, 한 유명인이 극단적인 선택을 했다. 음원 발표가 미뤄졌다. 곡이 나온 후에야 왜 발표가 미뤄졌는지 이해했다. 〈your name〉은 소셜 미디어를 통해 불필요한 박탈감을 느끼는 우리의 모습에 관해 이야기한다. 소셜 미디어의 문제는 덕질, 또는 팬덤 문화의 문제와 결은 조금 다르지만 그로 인한 뒤틀린 관계나 강박에 대한 문제는 같을 수 있다. 〈your name〉을 들으면서 나는 빈 괄호를 열어놓고 남들에 의해 내 이름이 그려지기를 바라지는 않았는지, 더 이상 괄호가 아닌 나로 살기 위해 내 이름을 또렷이 새기고 있는지 다시 되돌아본다. 그들은 자꾸 거울처럼 나를 들여다보게 한다.

덕후는 아니지만 덕질

큰아들은 본인 스스로 덕후의 기질이 전혀 없다고 말한다. 하지만 내가 보기에는 취미 부자라는 의미에서 덕후다.

이들은 2002년 월드컵 키드이며 축구를 좋아한다. 어릴 때는 축구선수가 꿈이었고 축구만 하고 살았다. 천식이 발견되면서 축구선수로서의 꿈은 접었지만 축구에 대한 사랑은 더욱 불타올라서 프로축구부터 해외 축구까지 빠짐없이 챙겨봤다. 어린 나이에 혼자 새벽에 일어나 해외 축구를 일일이 챙겨보는 것은 보통 정성이 필요한 일이 아니다. 그것은 누가 봐도 덕후스러움이다. 하나의 팀을 응원하거나 어느 축구선수 한 사람을 좋아하는 것이 아니라 모든 축구선수를 응원하며 모든 축구팀과 선수들의 전력과 특성과 배경을 알고 싶어 한다. 축구로 세계사

와 지리를 배웠다고 할 정도니까.

그런데 아들은 축구만 좋아하는 게 아니다. 본격적인 영상 세대로서 영화도 좋아한다. 중학생 때부터 혼자 영화를 보러 다녔고 mp4로 다운로드 받아서 보는 영화들이 엄청나게 많았다. 단순히 시간 때우기로 보는 줄 알고 야단도 많이 쳤는데 감독, 배우, 그 외 영화 관련한 잡다한 정보를 줄줄 읊는 걸 보고 정말 좋아서 본다는 것을 인정할 수밖에 없었다.

또, 계절 스포츠를 하러 다닌다. 여름에는 서핑, 겨울에는 보드를 탄다. 돈이 있어서가 아니라 스포츠 마니아여서 그렇다. 새벽 버스 타고 양양에 가서 서핑하고 밤에 올라오는 식이다. 여행도 좋아한다. 스물네 살인데 세 살 때 미국 이모네 집에 간 것을 시작으로 비자 찍힌 나라가 8개라고 알고 있다(해외여행이 일반화되어있는 요즘 기준으로 보면 별 게 아닐 수 있다. 하지만 참고로 나는 아이들과 미국 언니네 간 것 말고는 해외여행을 해본 적이 없다. 둘째도 그것 말고는 없으니 우리 가족으로서는 큰아이의 해외여행 이력이 남다르다).

얼마나 여행을 좋아했냐면, 아홉 살 때 이웃이 세 살 여섯 살 난 어린 아들 둘을 데리고 유럽에 가기로 했는데 거길 따라갔다. 그 집 아이들은 어려서 호텔에서 놀고 우리

아들이 그 이웃과 같이 명소들을 찾아다녔다. 아직도 갔던 곳 여기저기를 기억하는 걸 보면 보람 있다고 그 이웃은 말한다.

중2 때 50일간 인도에 갔다. 인도와 네팔, 히말라야 산을 올랐다. 그 여행 이후로 더욱 겁이 없어졌고 더 많은 호기심을 가지게 되었다. 고등학교 졸업하면서 동남아와 호주 등지를 다녀왔고 호시탐탐 해외에 나갈 궁리를 한다. 지금도 제주에서 게스트하우스 스텝으로 일하면서 제주 여행 겸 서핑을 하고 있다.

음악도 좋아한다. 온갖 페스티벌에 다닌다. 아이는 힙합을 좋아해서 그동안 나와 동선이 겹친 적이 없었다(우리는 서로의 SNS를 차단한다. 경험상 가족끼리는 모르는 게 약이다. 서로 그런 예의를 지키는 편이다). 한번 동선이 같은 적이 있다. 경주에서 하는 페스티벌이었는데 오가는 차만 공유했다. 공연 내내 따로 놀았다.

여행을 못 하면 스포츠를 하고 아니면 축구를 보며, 그도 아니면 음악을 들으면 되니 하나에 목매는 덕후는 아니다. 하지만 일상생활 말고도 몰입해서 즐길거리를 찾는 것, 그게 덕후 아닐까. DNA를 속일 수는 없다.

휘게(덴마크어로 편안하고 기분 좋은 상태를 뜻하는 단어. 혼자, 또는 여럿이 일상의 작은 여유를 즐기는 라이프스타일을 말한다)가 주목받고 있다. 덕질은 휘게처럼 인생의 굽이굽이를 아늑하고도 풍요롭게 해준다. 코로나 시대를 무사히 건너게 해줄 소중한 덕목이다.

남편도 마찬가지다. 뭔가에 임하는 자세가 덕후의 그것이다. 예를 들어 요리를 한다면 좋은 칼을 갖고 싶어 하고 칼을 갈고 야채를 줄 세워 썬다. 딱 맞는 쿠킹 도구를 찾아 웹을 검색하고 닦고 길들인다.

언젠가 겨울에 군밤을 구워 먹은 적이 있다. 이웃들을 초대한 자리였는데 남편이 군밤을 굽기 시작하자 사람들이 놀라움을 금치 못했다. 순간 군밤 장수를 모셔온 줄 알았단다. 군밤을 굽기로 마음먹는 순간 남편의 눈앞에는 오롯이 불과 밤만 남는다. 숯불이 허락하는 온도에 순응하며 밤의 몸통을 잘라 불기운을 입힌다. 따닥따닥 입을 벌리는 군밤이 제 색을 갖출 때까지 때를 기다리며 집게와 한 몸이 되어 그물망을 지킨다.

요즘은 술을 빚는다. 고두밥과 누룩을 비벼야 하는데 어찌나 정성껏 비비는지 누가 보면 전쟁터에 아들 보낸 부모가 정안수 떠 놓고 무사 귀향을 기원하는 줄 알겠다고 놀릴 정도다. 매일 술 익는 소리를 확인하며 효모의 발효와 배양에 대해 내게 설명한다(안물안궁이지만 두 손 모으고 들어준다). 정성을 들이니까 맛이 없을 수가 없다. 숙성되고 있는 술을 들여다보며 누구에게 이 맛을 보여줄까 고민하는 남편을 보면 자기 돈 들여 사진을 뽑고 스티커를 만들어 이걸 누구에게 나눠줄까 설레하는 덕후가 생각난다. 덕질은 자신이 좋아하는 것을 나누고 싶은 마음 그 자체가 아닐까.

덕주는 등산을 좋아한다. 가끔 산에 올라 푸른 나무와 오래된 뿌리, 그리고 새나 다람쥐 영상 등을 SNS에 올려준다. 등산이 얼마나 좋은 건지 하도 이야기해서 등산을 시작한 국덕이 많이 생겼다. 나도 한동안 산에 다니다가 날씨 변화가 많아서 그만두었다. 산에 오르는 내내 덕주가 같이 오르는 기분이 들어서 좋았었다.

어느 날 남편이 등산을 시작했다. 나이 드니 아침에 눈이 일찍 떠지는데 할 일이 없단다. 앞산 등산로를 모두 섭렵하고 나더니 친구들을 모아 유명한 산을 찾아다닌다. 등산복을 사고 무릎에 무리가 안 가도록 테이핑하는 법을 검색한다.

내가 못 가는 산에 남편이 대신 가주니 그것도 좋았다. 등산 가는 남편에게 덕주가 등산 가서 먹는 양갱을 챙겨주고 (덕주처럼) 새에게도 나눠주라고 하고 다람쥐를 보면 좀 찍어오라고 한다. 남편은 관심인 줄 알겠지만 내게는 덕질이다(미안, 남편. 어쨌든 관심이잖수).

덕질은 이렇게 일상 속으로 은밀하고도 세밀하게 피고 든다. 하루하루를 심심하지 않게, 단순하지만 한 번쯤 웃을 수 있게, 그리고 가끔 삶에 깊은 발자국을 내기도 한다. 누구나 덕후처럼 무언가에 마음을 담고 깊이 좋아하고 곁에 두고 즐기고 기꺼이 사랑하는 것이 있지 않은가. 어떤 이는 커피에 빠져 그라인더를 사고 커피 종류를 익히다가 바리스타가 되고, 어떤 이는 사진에 빠져 풍경을 만나고 사람을 만난다. 우리는 누구나 무언가의 덕후다. 그러니까 이것은 딱히 덕질이라는 이름으로 덕후라는 특정한 지칭으로 설명할 필요 없는 일반적인 삶의 방식일지도 모른다.

> 구멍이 난 손을 벌리며 모든 것이 사라졌다고
> 돌연하게도 너를 찾아온 그 놀라움은 고개를 들고
> 내 옷깃을 잡아당기며 어디로든 숨겨달라고

그 날카로운 고통의 구멍에 곧 너의 삶은 간파 당했네

- 〈싱크홀〉 가사 중에서

삶은 가끔 우리가 좋아하는 것을 좋아하도록 내버려 두지 않는다. 싱크홀처럼 무너져 내린다. 움켜쥔 것들이 구멍이 난 손바닥으로 술술 빠져나가 버리는 것을 맥없이 지켜봐야 하는 일들이 벌어진다. 그것은 나라는 사람을 설명할 모든 것이었으므로 나의 모든 것이라고 생각했다.

언젠가 그렇게 사라져버릴지도 모르는 것들을 두 손 가득 움켜쥐려 하고, 움켜쥐고, 또 움켜쥐고서 두려워한다. 우리는 도망한다. 도망하는 그 길 끝에서 우리는 결국 삶을 간파한다. 아, 삶이란 죽음 앞에서 묵주 하나 손에 쥐는 것으로 끝나는 것이로구나. 그마저 내려놓을 수 있기 위해 평생을 애써야 하는구나….

영화 〈벌새〉에서 성수대교가 무너지는 것을 보며 엄마는 말한다. "어떻게 그게 무너지니…" 아니, 어쩌자고 우리는 그걸 믿고 건너다니는 걸까. 흐르는 물결을 거스르고 아슬아슬하게 세워진 콘크리트 덩어리를. 그토록 위태롭게 이루어진 세상에서 우리는 어쩌자고 아무렇지 않게 밥을 먹고 길을 나서는 걸까. 어른들은 군소리 없이 받아들이라며 그런 세상 속으로 등을 떠민다. 미안해하지도 않는 어른들이 역겹다. 불합리함을 외치지 못하는 나도 역겹다. 무모하게도 우리는 "내 손가락은 그래도 내 마음대로 움직일 수 있잖아."라는 말을 믿으며 어른이 된다. 결국 우리가 믿을 것은 그것 뿐이기에 불변할 것이라 믿었던 것들이 변하는 것을 받아들인다.

삶은 "찌꺼기로 만든 손바닥" 같은 것이다. 좋아하는 것이 한순간 무너져 내리고, 마음을 다한 것이 눈앞에서 사라지는 삶에 속는 것이다. 구멍이 난 손바닥으로 "나를 대신할 모든 것들"이 빠져나가는 것을 눈으로 보면서도 그 잘난 손가락을 움직여 움켜잡는 것이다.

공연에서 우리는 〈싱크홀〉을 부르며 다 같이 '찌꺼손'('찌꺼기로 만든 손바닥' 가사 부분에서 다 같이 손바닥을 들어 올리는 퍼포먼스)을 한다. 아무도 기억하지 않지만 모두 기억되고 싶은 하루살이 인생에 대해 위로를 한다. 내가 여기 있다고 소리치며 발악한다. 모든 찌꺼기를 발산한다. 그리고 그 순간은 우리들 가슴속에 각인된다.

〈싱크홀〉을 들으며 카톡 프로필에 이렇게 썼다. "이타카… 오래오래 늙어지도록 천천히… 서두르지 말고."♦ 역설적이게도 모든 것이 사라질 수도 있다는 노래를 들으며 천천히 오래오래 좋아하는 마음이 끊이지 않기를 소망한다. 잠시 잠깐 웃을 수 있는 순간들을 만들어 쟁이는 것이다. 허망하더라도. 그것 말고는 모르기 때문이다, 삶을 달래는 방법을. 잘 숨어있는 것이다, 또 어떤 고통에 낚아채이더라도.

군밤은 낮은 불에 오래 익혀야 맛있게 익는다.

♦ 콘스탄티노스 카바피의 시. "(중략) 언제나 이타카를 마음에 두라. 네 목표는 그곳에 이르는 것이니 그러나 서두르지는 마라. 비록 네 갈길이 오래더라도 늙어져서 그 섬에 이르는 것이 더 나으니…"

맺는 글

덕질 5년 차다. 사람들은 말한다. 어떻게 그렇

게 변함없이 열정적인 덕질을 하냐고. 미안하지만 변함없
지 않다. 남녀 간의 사랑도 3년이면 식는다는 게 학계의
정설인데 덕질이라고 왜 식지 않겠는가. 노력할 뿐이다.
처음의 그 뜨거웠던 열정은 식었고 지금은 진실한 애정이
남았다. 그때의 감정으로 끌어올리기 위해 매번 애쓴다.
왜 굳이 감정을 끌어올리느냐고? 벅찬 행복을 잊지 않았
기에. 하루하루 그 감정이 사그라지는 것이 아쉬워서 발
을 동동 구른다.

덕친 큰언니는 첫사랑이 다시 온 것 같다고 한다. 나이
70을 앞두고 첫사랑의 감정을 다시 맛본다고 생각해보라.
얼마나 애틋하겠는가. 그 애틋함이 사라질까 봐 전전긍긍
호호 불어가며 감정을 부풀리고 싶지 않겠는가. 첫사랑이

끝나도 그 소중함은 사라지지 않듯이 덕질의 감정을 부풀린다고 해서 그 감정이 가짜인 것은 아니다. 소중한 일상에 관심과 보살핌이 필요하듯이 덕질의 감정도 관심과 보살핌이 필요한 것뿐이다. 아무리 작은 것일지라도 그 안에서 더 큰 것을 감지할 줄 알기에 스치듯 지나가는 덕주의 등장에도 나노로 쪼개보며 행복을 그러모은다.

첫사랑, 아니 덕질하는 순간은 그 어느 때나 아름답지만 가장 아름다운 건 바로 지금이다. 모든 순간이 응축되어 지금을 만들었고 평온을 빚어냈으며 지속할 힘까지 생겼기 때문이다. 함께 할 덕친이 있고 들여다볼 수많은 움짤이 내 손안에 1만 장도 넘게 담겨있으니 마음이 충만하다(남들은 가족여행 사진, 자녀 사진이 담겨있겠지만 내 핸드폰에는 아들 사진을 담을 여유도 없다. 미안 아들, 필요하면 네 카톡 프로필 사진 볼게. 그거면 충분해).

처음 음악을 시작할 때 하현우는 오로지 자기 자신을 위해 노래했다고 한다. 무대에서만큼은 결핍된 자신을 잊을 수 있었으니까. 자기 안으로 들어가버렸구나 싶은 그의 눈을 볼 때면 영혼과 치열한 대화를 나누고 있는 타인의 모습을 훔쳐보는 기분이 들었다. 우리가 기타지랄이라고 하는 퍼포먼스를 그토록 좋아하는 이유도 그때 그가 음악으로 구원받은 것 같은 모습이기 때문이다. 흐느적거리며 리듬을 타거나 기타와 한몸이 되어 몸부림칠 때면 우리도 함께 영적인 갈구를 하게 된다. 그렇게 듣는 음악은 청각적인 것이 아니라 영혼의 대화가 된다.

점점 그의 노래를 사랑하는 사람들이 많아지면서 그는 이제 자신의 음악이 자신을 넘어 다른 사람에게도 힘이 발휘되고 있다는 것을 알게 되었다. 거기서 그는 예상치 못한 큰 행복을 느꼈다. 그것은 정말 정말 예상치 못한 것이었는데 감사하다는 말로는 덕분에 행복하다는 말로는 도저히 설명되지 않는 것이었다.

얼마전 공연에서 하현우는 음악을 해온 여정을 3부로 나눠 구성했는데 마지막에 이렇게 썼다.

프롬 나우 온 유(From now on YOU).

그에게 이제 팬은 팬 그 이상이 되었다. 가장 우선하는 대상이며 이제 당신들도 하나의 주인, 음악의 주인이라는 뜻을 담아 말한 것이 아닐까 나는 생각한다. 또한 어쩌면 그것은 진정한 사랑을 표현한 것이 아닐까 생각한다. 그 글귀를 보는 순간, 우리는 사랑하는 이로부터 온전한 사랑을 받고 있다는 충만함이 느껴졌다. 누군가가 나를 대신해 나를 표현해주고 있다는 것, 누군가가 나로 인해 행복감을 느낀다는 것. 그렇게 우리는 하나의 뿌리처럼 깊은 연결감으로 차오른다. 공연장 안에서, 또는 국덕이라는 이름으로 느껴지는 그 연결감 때문에 나는 이 글을 쓰면서도 자꾸 '나'가 아니라 '우리'라고 표현하게 된다. 오로지 하나의 연결고리, 음악으로 서로를 이토록 만족시킬 수 있다니. 덕질, 아니 인생이 주는 기묘한 마법이다. 이 모든 감정을 국덕들은 이렇게 말한다. 꺄~~~~~악!

국카스텐으로 철학하는 책을 쓴다고 하니 지인들이 걱정한다. 그들이 사고 안 친다는 보장도 없는데 이름을 내거는 게 도움이 되겠느냐고. 맞다. 하지만 내가 사고 칠 확률이 500배 더 높다. 사고는 누구나 칠 수 있다. 사고를 사고로 인정하고 사과하는 것. 다시는 그런 일이 없도록 하는 것, 즉 자아 회복성을 갖는 것이 더 중요하다. 제발 죽지 말고 사세요. 내가 더 잘할게요~

그보다 이 책을 덕주가 볼 수도 있다고 생각하니 미안한 마음이 든다. 아마 그들은 본인들이 이토록이나 누군가에게 영향을 주고 있다는 사실을 꿈에도 모를 것이다. 그들을 만나면서 아이가 태어나고 엄마가 되었다는 것을 처음 느꼈던 순간처럼 생의 의미가 전환되었다. 아이처럼 말이다. 그러니까 그들만이 아니라 우리는 모두 누군가에게 자신도 모르는 사이 삶을 전환해놓는 힘을 발휘하기도 하는 것이다(이 말이 그들의 부담을 덜어줄 수 있기를).

이 글을 발견해준 초록비책공방 윤주용 대표님께 정말 감사드린다. 세상 어느 구석에서라도 존재감을 알리고 있으면 누군가는 나를 찾아낸다. 처음 출판사에 갔을 때 대표님은 나를 위해 국카스텐 노래를 배경음악으로 깔아놓으셨다, 감사하게도. 하지만 대표님은 국덕을 모르시는 게다. 덕주의 음악이 흘러나오고 목소리가 귀에 꽂히는데 다른 사람의 이야기가 제대로 들리겠는가. 계약이라는 중요한 일을 앞두고 "아, 잠깐만요. 이 부분 기타 리프 죽이지 않나요?", "이 섬세한 숨소리를 들어보세요. 윽, 심장에 무리가 오니 좀 꺼주실래요?" 주접부리고 싶은 걸 꾹 참느라 애먹었다.

국카스텐으로 철학하기를 정말 해보고 싶었는데《페터 비에리의 교양수업》에 기대어 어쭙잖으나마 글을 쓸 수 있었다. 페터 비에리님께 감사하다. 글을 올릴 공간을 내어준 브런치도 고맙다. 그렇게 따라 올라가다 보니 밥 벌어 먹여주는 남편도 고맙고 글감이 되어준 아이들도 고맙고 덕친들도 고맙고 이런 인연이 만들어지는 우주의 섭리도 고맙다.

그리고, 국카스텐, 당신들은 정말 최고야. 이게 다 국카스텐 덕분입니다!!! (나, 이거 너무 해보고 싶었다고.)

아프지만 말자. 건강하면 뭐라도 할 수 있다. 덕주 님도 항상 그렇게 말씀하셨다. 건강하라고, 80세 잔치에 유부초밥 해서 나눠줄 테니 지팡이 짚고 같이 공연하자고. 그날까지 건강하게 살 거다(가만있자, 그럼 내 나이가 몇인가…).

인생은 가시밭길이다. 미치지 않고서는 미치지 못한다. 가시밭길 걷는 동안 잠시 고통을 잊을 수 있다면 덕질이건 뭐건 다 하세요, 여러분~

요즘 덕후의 덕질로 철학하기

초판 1쇄 발행 2020년 8월 30일

지은이·그린이 천둥

기획·편집 도은주
SNS 마케팅 류정화

펴낸이 윤주용
펴낸곳 초록비책공방

출판등록 2013년 4월 25일 제2013-000130
주소 서울시 마포구 월드컵북로 402 KGIT 센터 925C호
전화 0505-566-5522 팩스 02-6008-1777

메일 jooyongy@daum.net
인스타 @greenrainbooks
포스트 http://post.naver.com/jooyongy
페이스북 http://www.facebook.com/greenrainbook

ISBN 979-11-86358-82-5 (03810)

* 정가는 책 뒤표지에 있습니다.

이 도서의 국립중앙도서관 출판시도서목록(CIP)은
서지정보유통지원시스템 홈페이지(http://seoji.nl.go.kr)와
국가자료공동목록시스템(http://www.nl.go.kr/kolisnet)에서 이용하실 수 있습니다.
(CIP제어번호: CIP2020033739)